Tucholsky   Wagner   Zola   Scott   Sydow   Freud   Schlegel
Turgenev   Wallace   Fonatne

Twain   Walther von der Vogelweide   Fouqué   Friedrich II. von Preußen
Weber   Freiligrath   Frey
Kant   Ernst
Fechner   Fichte   Weiße Rose   von Fallersleben   Richthofen   Frommel
Hölderlin
Fehrs   Engels   Fielding   Eichendorff   Tacitus   Dumas
Faber   Flaubert
Eliasberg   Ebner Eschenbach
Feuerbach   Maximilian I. von Habsburg   Fock   Eliot   Zweig
Ewald   Vergil
Goethe   Elisabeth von Österreich   London
Mendelssohn   Balzac   Shakespeare   Dostojewski   Ganghofer
Lichtenberg   Rathenau   Doyle   Gjellerup
Trackl   Stevenson   Hambruch
Mommsen   Tolstoi   Lenz   Droste-Hülshoff
Thoma   Hanrieder
Dach   Verne   von Arnim   Hägele   Hauff   Humboldt
Reuter   Rousseau   Hagen   Hauptmann   Gautier
Karrillon   Garschin   Baudelaire
Defoe
Damaschke   Descartes   Hebbel
Hegel   Kussmaul   Herder
Wolfram von Eschenbach   Dickens   Schopenhauer
Bronner   Darwin   Melville   Grimm   Jerome   Rilke   George
Campe   Horváth   Aristoteles   Bebel   Proust
Bismarck   Vigny   Barlach   Voltaire   Federer   Herodot
Gengenbach   Heine
Storm   Casanova   Tersteegen   Gilm   Grillparzer   Georgy
Chamberlain   Lessing   Langbein   Gryphius
Brentano   Lafontaine
Strachwitz   Claudius   Schiller   Kralik   Iffland   Sokrates
Bellamy   Schilling
Katharina II. von Rußland   Gerstäcker   Raabe   Gibbon   Tschechow
Löns   Hesse   Hoffmann   Gogol   Wilde   Gleim   Vulpius
Luther   Heym   Hofmannsthal   Klee   Hölty   Morgenstern
Roth   Heyse   Klopstock   Kleist   Goedicke
Luxemburg   Puschkin   Homer
La Roche   Horaz   Mörike   Musil
Machiavelli
Navarra   Aurel   Musset   Kierkegaard   Kraft   Kraus
Lamprecht   Kind   Kirchhoff   Hugo   Moltke
Nestroy   Marie de France
Laotse   Ipsen   Liebknecht
Nietzsche   Nansen
Marx   Lassalle   Gorki   Klett   Leibniz   Ringelnatz
von Ossietzky   May
vom Stein   Lawrence   Irving
Petalozzi
Platon   Knigge
Sachs   Poe   Pückler   Michelangelo   Kock   Kafka
Liebermann   Korolenko
de Sade   Praetorius   Mistral   Zetkin

Der Verlag tredition aus Hamburg veröffentlicht in der Reihe **TREDITION CLASSICS** Werke aus mehr als zwei Jahrtausenden. Diese waren zu einem Großteil vergriffen oder nur noch antiquarisch erhältlich.

Symbolfigur für **TREDITION CLASSICS** ist Johannes Gutenberg (1400 — 1468), der Erfinder des Buchdrucks mit Metalllettern und der Druckerpresse.

Mit der Buchreihe **TREDITION CLASSICS** verfolgt tredition das Ziel, tausende Klassiker der Weltliteratur verschiedener Sprachen wieder als gedruckte Bücher aufzulegen – und das weltweit!

Die Buchreihe dient zur Bewahrung der Literatur und Förderung der Kultur. Sie trägt so dazu bei, dass viele tausend Werke nicht in Vergessenheit geraten.

Der Höllbart

Peter Rosegger

Impressum

Autor: Peter Rosegger
Umschlagkonzept: toepferschumann, Berlin

Verlag: tradition GmbH, Hamburg
ISBN: 978-3-8424-1429-7
Printed in Germany

Peter Rosegger – Von Adolf Stern

Das lebensvolle und kräftige Talent Peter Roseggers hat, von der Veröffentlichung seiner ersten Gedichte und Erzählungen an, eine gewisse Volkstümlichkeit gewonnen und zugleich die Teilnahme auch aller Bildungskreise gefesselt, die für die unverkünstelte Unmittelbarkeit und frische Lebendigkeit poetischer Darstellung Sinn und Verständnis bewahrt haben. Die Eindrücke, aus denen die reiche Erfindungs- und Gestaltungslust des steirischen Dorfkindes und ehemaligen Dorfschneiders sich nährt, stammen zum größten Teile aus seinen Jugendjahren, aus der Zeit, wo der Knabe und Jüngling mit schlichter Volksschulbildung doch bereits einen unwiderstehlichen, fast rührenden Drang verspürte, sich mit »Gedichten« und »Gschriften« zu betätigen. Sie sind aber durch die später erworbene Bildung Roseggers vielfach erweitert, geklärt und berichtigt worden. Nur daß der Dichter, eben weil er eine Natur war, sich nie versucht gefühlt hat, das Erlernte über das Erlebte zu stellen, daß er mit Recht von sich sagen durfte: »Von meinen ersten Dorfgeschichten an bis zum ›Waldschulmeister‹ und ›Gottsucher‹ (wir setzen hinzu: bis zu den neuesten Werken) geht derselbe Grundgedanke: ich stelle das Natürliche höher als das Gemachte, das Ländliche höher als das Städtische, die Einfachheit höher als den Prunk, die Taten höher als das Wissen, das Herz höher als den Geist. Ich habe mich durch verschiedene Schichten der menschlichen Gesellschaft durchgelebt. Es gibt Überzeugungen und Ideale, die in der Erfahrung sich auflösen, die meinen sind in der Erfahrung entstanden und befestigt worden.« Und für sein ganzes Verhältnis zur überstiegenen Bildung und allem als »modern« gefeiertem krankem Leben und fratzenhaftem Übermenschentum hat Rosegger in seinem jüngsten Romane »Weltgift« ein glückliches Bild und Wort gefunden: »Da möchte was Rechtes herauskommen, wenn der Pflug tiefer tät greifen als sechs Zoll tief. Sie sind ja ein Bauernsohn. So wissen Sie doch, daß in der Tiefe die Steine sind. Die fruchtbare Erdschicht ist auf der Oberfläche. Mit den Gedanken wird's halt auch nit viel anders sein!« Alle Erweiterung seines Gesichtskreises, alle Fülle seiner Erlebnisse und alle Einsicht in den Wandel der Zeiten hat Roseggers tiefe Liebe zur heimatlichen Alpennatur und seine Überzeugung, daß Leben und Glück des Menschen dem vermeintlichen »Fortschritt der Zeit« nicht geopfert werden dürfen, niemals erschüttert. Und so stellen die kleinen Erzählungen, wie die großen Romane, die humoristischen und lebensfrischen, ja kecken Geschichten und Skizzen, wie die tiefernsten, tragischen Charakterbilder, die ganz realistischen Lebensbilder und die symbolischen Phantasiestücke Roseggers in all ihrer Mannigfaltigkeit doch eine Einheit dar. Er hat sich die Heimat zur Welt erweitert, aber es ist seine Welt, auch seine Dichterträume empfangen Leben, Atem und Farbe von seinen Heimaterinnerungen und »wie einem echten Waldkinde fließen ihm Genuß des Augenblicks und Genuß der Erinnerung, Wirklichkeit und Traum zusammen«.

Die große Zahl der Erzählungen und Romane dieses Dichters entspricht dem Reichtum seiner inneren Erlebnisse und Anschauungen. Nicht vollkommen gleichwertig, bezeugen doch alle den lebendigen Anteil des Erzählers an Menschengestalten und Menschenschicksalen. Die vollendetsten, in denen sich die glückliche Erfindungskraft mit der Grundstimmung Roseggers am besten deckt, in denen seine Weise der Charakteristik dem Leser die erfundenen lebensvollen Gestalten am nächsten bringt, große Dichtungen, wie »Die Schriften des Waldschulmeisters«, »Heidepeters Gabriel«, »Der Gottsucher« und »Das ewige Licht«, aber auch köstliche kleine Geschichten aus den vertrauten Kreisen des Alpenvolkes und der Waldleute bezeugen überall, daß – die Phantasie und die künstlerische Gestaltungslust in Ehren! – das warme, freischlagende Herz die köstlichste Mitgift eines ursprünglichen Talents bleibt. Der eigene Glaube eines Dichters an seine Gebilde und das nie versagende Mitgefühl für Vorzüge und Schwächen, Wonnen und Leiden der von ihm geschilderten Menschen betätigen sich bei Rosegger selbst da, wo er scheinbar Alltägliches zu belichten und wiederzugeben hat. In Wahrheit ist ihm nichts alltäglich. Der ernste Sinn der steirischen Alpenbewohner, der sich mit der süddeutschen Lebenslust und dem Humor so unlöslich verbindet, fühlt und sieht auch in den sich unablässig wiederholenden täglichen Vorgängen des Lebens eine tiefere Bedeutung. Und Rosegger, der sich so eins fühlt mit seinen Heimatgenossen, teilt diesen Sinn. Er lebt eben ganz und gar im Volke und die herbe Sorge um dessen Zukunft, die ein so erschütterndes Buch wie den Roman »Jakob der Letzte« und die Schilderung des Untergangs der Gemeinde St. Maria im Torwald ins Leben rief, steht in ihm dicht neben der hellen Lust am bescheidenen Genuß, am fröhlichen Schwank, an der beherzten Zuversicht des ehrlich arbeitenden Menschen.

Wie bei fast allen echten Volksschriftstellern lebt in Peter Rosegger ein lehrhafter Zug, der indessen weit von der Klugrednerei und dem Moralisieren anderer Erzähler entfernt ist. Nur flüchtig wirft er sein Wort der Belehrung oder Ermahnung zwischen die anschauliche, lebenstrotzende Darstellung, in der es ihm immer um Menschenseelen und Menschengeschicke zu tun ist, auch wo er, wie im »Martin der Mann« oder in »Weltgift«, dem abstrakten Gedanken ein größeres Recht einzuräumen scheint. Nun gar in seinen kleineren Gebilden, in denen der Brunnen frischer Unmittelbarkeit zu Zeiten überquillt, ist Rosegger durchaus der naive, liebenswürdige, schalkhaft kluge Seelenergründer und Herzenskündiger. Nichts vermag ihm die Gewißheit zu trüben, daß »der Menschen echtes Glück nicht von Osten kommt und nicht von Westen, daß es in keiner Himmelsgegend aufsteigt, durch keinen Wind herbeigeweht wird, daß es still und wunderbar entkeimt aus dem eigenen innersten Herzen«. Zum rechten Menschenglück gehört freilich für diesen Dichter auch die schöne, zu gleicher Zeit große und heimlichlauschige Natur, von deren mächtigem Leben und deren Stille die Seelen seiner Gestalten sich unbewußt nähren. Es ist, wie Rosegger selbst im Vorwort zu seiner »Waldheimat« meint: ein wunderliches Seelenleben, welches sich in dem Schatten der Tannenwälder, in den tauigen Wiesentälern und auf den stillen Hochmatten entwickelt.« Daß alles menschlich Gute auch in anderer Landschaft gedeihen kann als in den steirischen und sonstigen Alpen, weiß unser Erzähler natürlich. Aber seine eigene Sehnsucht in die Welt ist nie viel über die Berge hinausgegangen und allezeit hat es ihn zu diesen zurückgezogen. Die Menschen, die er kennt, die Zustände, denen er sich innerlich nahe fühlt, stammen alle aus den Bergen, den Tal- und Waldgründen zwischen ihnen. Insofern ist Rosegger ein Heimatkünstler und doch reicht der Gehalt seiner Schriften weit über das hinaus, was ein paar Jahrzehnte nach seinem ersten Auftreten Heimatkunst hieß. Sicher aber weiß der Dichter die Liebe für seine heimatliche Natur, die Untergrund und Hintergrund aller seiner Darstellungen bleibt, auf die Zehntausende und Hunderttausende von teilnehmenden Lesern zu übertragen, die seine Schriften gefunden haben.

Die kleineren Erzählungen, die in den Sammlungen »Volksleben in Steiermark«, im »Buch der Novellen«, »Die Älpler«, »Sonderlinge aus dem Volke der Alpen«, »Feierabende«, »Dorfsünden«, in den »Neuen Waldgeschichten« und den »Geschichten des Wanderers«, in »Allerhand Leute«, im »Schelm aus den Alpen«, in den »Guten Kameraden«, und den »Idyllen aus einer versinkenden Welt« vereinigt sind, hinterlassen fast alle den Eindruck, daß sie mit voller behaglicher Leichtigkeit aus einer unversieglichen Fülle geschöpft wurden. Denn so hell und klar die Augen des Erzählers für die ihn umgebende Welt, die Menschenmannigfaltigkeit der Gegenwart sich erweisen, Rosegger hat sich von vornherein mit dieser Gegenwart nicht begnügt. Die Wälder, die Hochtäler, die Einöden, in denen er zu Hause ist, haben auch eine Vergangenheit und auch diese steht in voller Deutlichkeit vor der Anschauung und dem lebendigen Anteil des Dichters. Bezeichnet ein so mächtiges und eigentümliches Buch wie »Der Gottsucher« den Höhepunkt der Bestrebungen Roseggers, sich in vergangene Tage zurückzuversetzen, und verfährt er dabei mit dichterischer Freiheit, insofern er es zweifelhaft läßt, in welchem Jahrhundert die dunkeln Vorgänge dieses Romans eigentlich spielen, aber vollkommen das Gefühl erweckt, man blicke um Jahrhunderte rückwärts, so sind einige der kleineren Erzählungen für die lebendige Vorstellung des Dichters von älteren Schicksalen seines Alpenvolks höchst bezeichnend. Zu diesen Erzählungen gehört vor allen auch »Der Höllbart«, eine Geschichte aus den Zeiten der auch in die österreichischen Erblande hereindringenden Reformation und der Türkengefahr, von der im sechzehnten und siebzehnten Jahrhundert die Steiermark von Ungarn her mehr als einmal bedroht war.

Roseggers historische Novellen, wenn man sie so nennen will, gehen vor allem davon aus, daß das Leben der Gegenwart der Schlüssel zur Darstellung auch der Vergangenheit bleibe. Da die Natur stärker ist als die Geschichte, die Lebensbedingungen der Älpler im vierzehnten, sechzehnten oder neunzehnten Jahrhundert immer die gleichen gewesen sein müssen, so liegt es nahe, daß auch die Charaktere und die menschlichen Hauptgeschicke ferner Zeiten nicht allzusehr von den gegenwärtigen abweichen können, daß höchstens noch ein besonderes zeitlich Charakteristisches hinzukommen müsse. Diese Hirten, Jäger, Holzfäller, diese Waldbauern, die dem kargen Boden ein wenig Hafer und Roggen abgewinnen, diese Priester und Mönche, diese Flüchtlinge im Hochwald, die durch die Geschichte vom »Höllbart« hindurchgehen, müssen in der Hauptsache denen geglichen haben, denen wir noch jeden Tag begegnen können, »so hängen die alten Zeiten zusammen mit dem heutigen Tage«. Das frische Leben, das die Erzählungen durchdringt, die sich gestern zugetragen haben und morgen zutragen mögen, braucht sich auch in denen aus den Zeiten der Glaubenskämpfe, der Bauernkriege und der Türkennot nicht zu verleugnen. Die großen historischen Vorgänge ragen in die Schicksale der Einzelnen hinein, wie die Höhenzüge und Firngipfel in die Täler. Aber die Einzelnen müssen leben und leiden, lieben und freien, hoffen und verzagen, wie es die Hof- und Hüttenbewohner tun, die der »weiland wandernde« Dorfschneider »auf der Ster« alle Tage vor Augen gehabt hat.

Die Erfindungen Roseggers haben auch in den historischen Novellen, von denen »Höllbart« eine der vortrefflichsten ist, die naturwüchsige Art, die die Hauptsachen klar und anschaulich vorführt und Nebendinge weder ängstlich motiviert noch streng verbindet. Es scheint, als ob die Erzählung Lücken hätte, sieht man jedoch genauer zu, so wird alles deutlich und zusammenhängend. Die Flucht des reformatorisch gesinnten Pfarrers Matthäus Hellbert, den die Mönche und alle Altgesinnten Höllbart nennen, aus salzburgischer Gefangenschaft, die Rast in der Schenke, der Überfall durch Bruder Jonas, die erneute Flucht auf dem Esel des Mönchs, die lange Wanderung zum Mürztal, die Begegnung mit der jungen Fischerin Sanna, der Entschluß, sich bei ihrem Oheim, dem Pfarrer von Krieglach, der in Wahrheit ihr Vater ist, als Knecht zu verdingen, die Werbung um Sanna in der Maske des Knechts und Küsters, die Trauung des Paares, die unmittelbar darauf folgende Entdeckung durch Hellberts alten Feind, den Ablaßkrämer, die gemeinsame Wanderung in die Einöde am Gölk, wo der Wald dichter, das Gebirge öder wird, die Aufnahme der Flüchtigen unter den »Waldteufeln«, deren Haupt der Zarb ist, die Erwählung Hellberts zum Pfarrer der Wildlingsgemeinde, der Hereinbruch der Türken, die Gefangennahme der schönen Türkin Chausade, die sich als eine

Tochter Sultan Solimans herausstellt, die Schicksale der Gefangenen, die den jungen Lindolf, der gleich ihr aus morgenländischem Blut stammt, unwiderstehlich an sich zieht, die Aussöhnung der Waldgemeinde am Fuße des Teufelssteingebirges mit der Landes Herrschaft – alles tritt bei knapper Kürze lebensvoll heraus. Rosegger hat das stärkste Gefühl dafür, daß ein Strom elementaren, stetig wiederkehrenden, stetig neu bleibenden Lebens durch die Wirrnisse und Hemmnisse menschlichen Irrtums, wilder, willkürlicher und unfruchtbarer Kämpfe hindurchrinnt, und dies Gefühl gibt seiner Darstellung solcher Kämpfe noch einen besonderen Reiz. Die Gewißheit, daß lange vor ihm selbst in und auf seinen Bergen Menschen gehaust haben müssen, die sich gleich ihm selbst zu Frieden und stiller Entsagung, zu freier, weltumfassender Liebe durchgerungen hatten, erfüllt auch Geschichten vergangener Zeit mit dem echten Roseggerschen Geiste.

Es ist vollkommen müßig, untersuchen zu wollen, wie viele von Roseggers Erfindungen und kernigen prächtigen Menschengestalten in ferne Zukunft hinauswirken werden.

Sicher die besten, vielleicht viel mehr, als sich solche Beurteiler träumen lassen, die nur den Erzählungen Dauer zusprechen, die das Gepräge gleichartiger Vollendung in jeder Einzelheit ausweisen. Der Hauch warmer, selbstloser Liebe zu seinem Volke, reiner, freier Natürlichkeit kann gleiche, ja größere Wunder wirken wie die eherne Plastik des Künstlers. Diesen Hauch aber läßt uns der Volkserzähler, der in aller Schlichtheit und Anspruchslosigkeit ein kühner und mächtiger Dichter geworden ist, nur selten missen und überall verspüren, wo er aus dem Vollen schöpft, wie in der nachstehenden Geschichte »Der Höllbart«.

Adolf Stern.

Peter Rosegger wurde geboren am 31. Juli (dem Vorabend von Petri Kettenfeier) 1843 zu Alpel bei Krieglach in Obersteiermark, trat im 17. Lebensjahre bei einem wandernden Dorfschneider in die Lehre, zog mit diesem vier Jahre lang, »auf der Ster« arbeitend, von Hof zu Hof. 1864 sandte er die ersten Proben eines lange in der Stille geübten poetischen Talents an Dr. Albert Swoboda, den Herausgeber der »Grazer Tagespost«; studierte mit Hilfe seiner neugewonnenen Gönner von 1865–1869 auf der Grazer »Akademie für

Handel und Industrie«, veröffentlichte zuerst 1870 seine Gedichte in obersteirischer Mundart, erhielt zur Fortsetzung seines Studiums und zur weiteren Ausbildung auf Reisen ein Stipendium des steiermärkischen Landesausschusses, ließ sich 1873 dauernd in Graz nieder, wo er seit 1876 die Wochenschrift »Heimgarten« herausgibt, und erwarb ein Haus auch in der alten Waldheimat, in Krieglach, wo er den Sommer zuzubringen pflegt. Die Zahl seiner Schriften ist sehr groß, allein die Sammlung der »Ausgewählten Schriften« (1881–1894) umfaßt dreißig Bände.>

Der Höllbart

Im oberen Tale der Enns, wo an den felsigen Hängen des Grimming die alte Heeresstraße vorüberzieht, steht auf einem grauen tannenumragten Anger unter dem Gewände das Bild des gekreuzigten Jesus.

Hoch auf ragt der rot angestrichene Holzpfahl, und das Antlitz des Gekreuzigten ist halb erschlossenen Auges empor zu dem kahlen Gewände gerichtet. Die Steine mögen erweichen, da der Menschen Herzen, zu Stein geworden, einander in Haß und Wut gegenüberstehen, sich martern und morden. Ein wilder Krieg des Gekreuzigten wegen ist ausgebrochen. Die Gemüter brennen, wahnwitziger Religionskampf wütet in dem sonst so friedlichen Volke der Alpen.

Zu den Füßen des Gekreuzigten war vielleicht gestern noch das Marienbild mit den sieben Schwertern in der Brust gestanden; heute lag es zertrümmert am Hange. Mitten in dieser Zeit der begeisterten Marienminne hatte sich eine tolle Hand nach dem geweihten Bildnisse ausgestreckt – da war das Unerhörte geschehen. Alle Ordnung war aus Rand und Band, und die Empörung wogte durch die waldschattigen Täler.

Warum, wenn solche Greuel geschehen an Mariens heiligem Bildnis, warum stürzen die Berge nicht ein? Warum schmelzen die Gletscher nicht vor Gottes Zorn? Grimming, du grimmiger Berg mit deinem erhabenen schneeweißen Haupte, wie kannst du so still und sonnig lächeln im Abendfrieden? Warum speiest du nicht deine finsteren Nebel aus, daß sie die Klarheit des tiefblauen Himmels bedecken und mit Blitz und Hagel niederfahren auf die gottverlassene Welt, die in diesen unglückseligen Tagen Scharen von Ketzern geboren hat?

O siehe das uralte heilige Bildnis der Gottesmutter Maria, das am Fuße deiner Felsen seit Jahrhunderten brünstig verehrt, mit Kränzen geschmückt, mit Tränen begossen worden, das hat eine frevelnde Hand vom Kreuzesstamm gerissen, zerschlagen, in den Abgrund geschleudert!

So wurde geklagt und gebetet bei den kirchlichen Umgängen im Tale. Aber der Grimming, der muß einen wunderlichen Glauben haben, der feiert zu dieser Abendstunde den wilden Aufstand und die Zerstörung der Bildsäule durch ein schönes Alpenglühen. Und an seinen Riffen hüpfen lustige Gemsen; die sind froh, daß die neuen, gar gefährlichen Schußwaffen der Menschen zu dieser Zeit nur gegen Menschen gerichtet sind.

Am Fuße des Kreuzbildes liegt ein breiter Stein, die Knie der Andächtigen haben Mulden in denselben gedrückt.

Die Heeresstraße ist heute still und völlig verlassen. Der Dietrichsteiner hält die salzburgischen Pässe besetzt. Die Haufen des Volkes haben sich gen Schladming gezogen. Nur ein einziger Mann wandelt langsam, schier gebeugt die Straße heran. Er trägt einen langen weiten Mantel aus Lodentuch, seine Füße treten unsicher auf den Schuttsand – sie scheinen wund zu sein. Der Mann stützt sich auf einen Pilgerstab und trägt einen grauen Hut mit breiter, niederhängender Krempe. Auf seinen Rücken hat er ein Bündel geschnallt; ich halte, da drin liegt ein hartgebacken Stück Brot und ein Tonkrüglein, um an kühlen Quellen zu trinken. Mag ein Pilgersmann sein, der aus seinem Lande kommt und zur Gnadenmutter wallt gen Zell. Wohl dürfte er ganz so alt und hinfällig nicht sein, als das mühselige Wandern ihn erscheinen läßt, denn die Locken, die unter dem großen Hute hervorwallen, sind dicht und dunkelbraun, und der zarte Bart um Kinn und Lippen ist durch das Schermesser so oft noch nicht beschnitten worden. Wohl ist das Antlitz ein wenig blaß, aber die Augen blicken hell und entschlossen. Die Hand, die den Stab hält, mag von innen wohl Schwielen haben; von außen ist sie glatt und runzellos, nur gebräunt von der Sonne.

Als dieser Mann nun zum Kreuze kam, stand er still und blickte träumerisch empor zu seines Erlösers Bild. Als hierauf der Blick auf die zertrümmerte Statue fiel, da betrübten sich seine Züge.

Jetzt ließ er sich nieder auf den Rasen am Fuße des Kreuzes, atmete hoch auf und stützte sein Haupt auf die Hand. Tiefernst, traurig saß er da, als hätte er nachzusinnen über schwere Tage der Drangsal. – Oben auf dem linken Arm des Kreuzes saß ein kleiner Vogel, ein Zaunkönig, der pickte wohl ein Insekt aus der Spalte des Holzes. Der Mann hob rasch seinen Kopf empor – ihm war, als habe da oben von Christi angehefteter Hand ein Finger geklopft an das Kreuzholz.

Bald darauf wurde die abendliche Stille auf eine andere Weise unterbrochen. Ein Esel trabte gemächlich heran und auf dem Esel saß ein Mönchlein mit einer Blechbüchse. Bei jedem Schritte des Tieres rasselte es in der Büchse.

Kaum sah der Mönch den Wanderer, so rief er ihm zu:»Euch komme der Segen des Herrn, Ihr seid ein frommer Mann, Ihr gebt gerne einen Heller für den heiligen Vater!«

Da blickte der Wanderer auf und sagte:»Geht Eueres Weges. Bin selber ein Bettelmann.« Dann wollte er sein Haupt wieder senken zur Rast auf die Hand. Aber das Mönchlein ließ ihm keine Ruhe. »Ho, ho,« lachte es,»die Witwe im Evangelio ist ein Bettelweib gewesen und hat doch einen Pfennig gegeben. Eueren Pilgerstab, den seh' ich wohl; Ihr seid auf Wallfahrtswegen und gedenkt demütigen Sinnes Sündenvergebung oder eine sonstige Gnad' von Gott zu erbitten. Ihr seid müd' und matt und Euere Füße tun Euch weh. Wär's nicht verständiger, in dieser bösen Zeit die weite Wanderung zu unterlassen, Euch aber dafür der göttlichen Gnadenmittel des Ablasses teilhaftig zu machen? Menschenbruder, ich seh' ein Leid auf Euerem Angesichte; etwa drückt Euch eine schwere Schuld, oder Ihr gedenkt eines lieben Blutsverwandten Seele, die in Fegfeuersglut muß schmachten. Gottes Gnadenborn ist offen. Zu seiner Ehr', zum Heile der Christenheit und zum Lobe des heiligen Petrus wird in Rom ein herrlich Gotteshaus gebaut, und selig jeder, der nach gutem Wollen und Können einen Stein dazu beiträgt.«

Der Mönch hob seine Büchse und schellte und sein Gesichtchen war gerötet und strahlte, und der Esel zog die Ohren nieder, als hätte er des Rasselns nun endlich einmal genug.

Plötzlich verstummte das Schellen und auf den Straßensand gekollert wäre die Büchse, wenn sie nicht durch eine rote Schnur am Mönchlein befestigt gewesen.

»Heilige Veronika!« stotterte dieses mit verdrehten Augen.»Jetzt sind sie auch da schon gewesen!« Dann gegen den Pilgersmann gewendet:»Und du menschgewordene Trägheit kannst dasitzen und willst die Schmach verschlafen auf der Stätte der Schandtat!

Bist du mit Blindheit geschlagen? Siehst du denn nicht, die ganze schmerzhafte Mutter ist zertrümmert in tausend Scherben! Wahrlich, wahrlich, die Zeit ist erfüllt, losgekettet ist der Drache. Wer auf dem Felde ist, der kehre nicht zurück, und wer auf dem Dache ist, der steige nicht herab, denn siehe, die Steine fallen vom Himmel und der Richter wird erscheinen in den Wolken. Ach, Fremdling, weine mit mir, da die schrecklichen Tage sind gekommen, und gib einen Pfennig.«

So sprach der Alte mit gebrochener Stimme und hielt die Büchse vom Esel herunter.

Aber der Pilgersmann weinte nicht und gab auch keinen Pfennig. Darüber wurde das eben noch in tiefer Schwermut schwebende Mönchlein schier erbittert. Es wischte sich mit dem weiten Ärmel die Tränen und tat bei dieser Gelegenheit auch seiner Nase ein Gutes. Dann aber richtete es sich auf und sagte:»Etwan seid Ihr selber ein Ketzer und habt das Bildnis zerstört!«

Da antwortete der Pilgersmann:»Ich lege nicht mein Herz an ein Bildnis und auch nicht meine Hand. Ich bete Gott im Geiste an, denn sein ist die Macht und die Herrlichkeit.«

»Richtig,« rief der Mönch,»so hat auch der Ketzerhauptmann Luther gesprochen; so hat auch sein gottloser Nachfolger, der salzburgische Pfarrer Matthäus Hellbert, genannt der Höllbart, gepredigt. Wißt Ihr aber auch, daß beide der Teufel geholt hat?«

»Nicht möglich!« versetzte der Pilger rasch.

»Bei Gott ist alles möglich!«

»Aber Ihr spracht ja just vom Teufel.«

»Gott hat kein Erbarmen mit den hoffärtigen Engeln gehabt, er hat auch keines mit den Priestern, die sich gegen seine heilige Kirche empören. Uns zum Heile hat er davon ein neues Beispiel gegeben an diesem Höllbart.«»Nun, wie ist das zugegangen?«fragte der Wandersmann, den die Sache zu bewegen anfing.

»Ja, der Matthäus Höllbart,«sagte der Mönch eifrigen Tones,»der hat in unserer Diözese den kleinen Luther spielen wollen. Im Hause Gottes hat er sich erfrecht, gegen den göttlichen Gnadenquell des heiligen Ablasses zu predigen«. Der Ablaß wäre nur gegen weltliche Vergehen an der Kirche, hat er gesagt – verzeih' mir's Gott! Aber der Sündenvergebung wegen hätte sich der Sünder geradewegs an Gott zu wenden. Hält' einer die Menschen beleidigt, so läge Strafe oder Vergebung bei den Menschen; wer aber Gott betrübt, den könne die Welt nicht richten. – Der Verblendete! Als ob Gottes Barmherzigkeit zur Vermittlerin zwischen Gott und den Menschen nicht die Kirche hingestellt hätte! – So hat der Pfarrer Höllbart an der Kirche und ihren Heiligtümern gefrevelt. Auch die Ehelosigkeit der Priester hat er bekämpft, auch die kirchlichen Reliquien hat er beschimpft. Darum ist ihm sein Recht angetan worden.«

»Was geschah dem Manne?« fragte der Pilger. »Erzählt, Ehrwürden.«

»Seine erzbischöfliche Gnaden, der hochwürdigste Matthäus Lang, der Salzburger Diözese Oberer, hat den Irrlehrer für ewige Zeiten auf die Burg Mittersill setzen lassen. Wir haben gebetet, daß der Herr seinen gefallenen Diener erleuchte und zur Buße führe, allein in Gottes gerechtem Ratschlüsse war es anders beschlossen. Drei Bauernbursche aus Höllbarts Pfarre haben sich frevelnd unterstanden, ihren ketzerischen Pfarrer aus dem Gefängnisse zu befreien. Dieser aber ist kaum außer den schützenden Mauern der bischöflichen Burg gestanden, als er schon der Macht des Bösen verfallen war. O, es sind Merkmale da: der versengte Rasen, halbverbrannte Haarlocken. Mit Leib und Seelen ist er der Höllen zugefahren. Uns schirme Gott in seiner heiligen Kirche, und Ihr, Mann Gottes – gebt einen Heller!«

»Weiter, weiter, erzählt!« rief der Pilgersmann – »Die Burschen, die den Mann aus dem Gefängnisse befreit haben?«

»Hei, die Burschen,« rief der Alte, »wohl ihnen, daß sie auf Erden ihre Schuld haben abwaschen können. Der Erzbischof hat ihnen ihre ketzerischen Schädel vor die Füße legen lassen.«

Bei diesen Worten war der Pilgersmann emporgesprungen; seine Augen glühten, er ballte die Hände.

Dunkel war es schon geworden. Da fand es der Mönch nicht geheuer, er wendete seinen Esel und trabte hin gen Irdning.

Der Mann am Fuße des Kreuzes bebte und knirschte.

– Enthauptet! Enthauptet, die guten, braven Leute, die ausgingen, ihren Seelsorger zu retten. Von diesem Tyrann getötet! »Ja, dich, du heiliger Gottmensch, haben sie auch getötet!« rief der Mann zum Kreuzbilde auf. »Bei deinem Andenken und bei dem Märtyrertode meiner Freunde schwöre ich es hier vor den ewigen Bergen: Auf immerdar trenne ich mich los von dieser beispiellos zelotischen Gemeine. – Luther, wohin bist du gezogen, wo ist das Land des echten Menschentums?« In dunkler Nacht eilte er davon und ostwärts zog er an den Ufern der Enns.

Wir mögen den Wandersmann wohl nennen; es ist der aus der Burg zu Mittersill befreite fliehende Priester Matthäus Höllbart. Am Fuße des schroffspitzigen Hochtaufing, im Waldesdunkel, abseits des Weges, hatte sich der müde Flüchtling auf die Erde gelegt, um ein paar Stunden der Ruhe zu pflegen.

Aus dem Tale her drang der Lärm der aufständigen Rotten. Nicht allein der Schein ihrer Fackeln war es, der die nächtlicher Nebel rötete. Hier war ein Dorf angezündet worden, um den Truppen des verhaßten Dietrichsteiners eine Verschanzung abzubrechen; dort war der Brand in ein einschichtig Gehöfte geworfen worden, weil dessen Besitzer der lutherischen Lehre huldigte.

An den Hängen des Tausing bellten Wölfe. Höllbart wußte wohl, diese Tiere waren ihm nicht gefährlich, sie fanden ihre Nahrung an den toten Körpern der Walstätten. Aber ein erquickend Ruhen war es nicht; und kaum über dem Gewände des Hexenturmes noch der Morgenstern schimmerte, erhob sich Höllbart und trachtete auf Umwegen über Pirn und Hall dem Tale von Admont zu.

In der Hütte eines Hirten erfuhr er, in Admont sei es gar nicht geheuer. Die Bauern der Umgebung, die vom Stifte schon seit lange hart bedrückt zu sein glaubten, hätten gesehen, wie jetzt alles auf sei, wie allenthalben das Landvolk gegen die Soldaten, der Bauer gegen seinen Pfarrer und Priester gegen Priester in den Krieg gingen. Und da hatten sie gedacht, wenn jetzt wieder die Zeit angebrochen sei, in der der Stärkere das Recht habe, so könnten sie wohl auch ihre hart erworbene Sache, die in den Stiftsspeichern aufbewahrt liege, wieder zurücknehmen.

Ein baumstarker Mann kam in die Hütte, der hatte eine Keule über der Achsel. Er trug keine Kopfbedeckung, und seine Haare waren wüst und gelb wie Stroh.

»Jetzunder rühren wir uns auch, wir vom Berg herab!« rief er. »Wir schlagen der Welt ein Loch. Sind heut im heiligen Admont gewesen. Ich sag' Euch's, Josu, die Pfaffen sind alle davon, alle. Und ihre goldenen Kelche und Kreuze und Monstranzen haben sie mit sich geschleppt, die Sakramenter. Im Felsental hinter dem Kalbling sollen sie sich verkrochen haben. Glaub's wohl, schuldig Mann geht Grausen an. Sie fürchten das seine Schladminger Halsband, den Strick. Ihr heiliger Blasius in der Stiftskirche ist wohl gegen Halsentzündung ein guter Patron, aber gegen Luftröhrenverengung hilft er nicht.«

»Lästermaul!« lachte Josue, der Hirt.

»Oh!« rief der Gelbhaarige ernsthaft, »ich kann davon schon reden! Hätt' ja selber Pfaff werden sollen. Hab' aber zu früh angehebt mit dem Kunststückel, hab' im *Wirtshaus* schon den Wein in Blut verwandelt. Je nu, den Abt hab' ich im Rausch gottsmörderisch geprügelt.«

»Spaßvogel! du,« sagte der Hirt. »Deinen Strohschädel halt her und schau mich an. Du bist auch beim Bilderstürmen dabei gewesen. Ich wett' meinen Schnappsack dafür!«

»Was ist denn drin?« schmunzelte der Strohhaarige.

»Heumehl für die Rinder.«

»Heumehl?« entgegnete der andere bedenklich. »Du, Josu, da hat's beim Bilderstürzen mehr abgegeben. Da lug'!« Er zerrte eine Perlenschnur aus seinem Brustfleck hervor, verbarg dieselbe aber sogleich wieder mit Hast und zwinkerte: »Hat die Mutter Gottes zu Strechau um den Hals getragen!«

»Du bist ein Rab'!« rief der Hirt. »Das weiß ich, du stirbst nicht auf der Erde.«

»Wo denn?« »Ein paar Fuß über derselben.«

Mehr mochte der vor der Türe ausruhende Wanderer nicht hören. Er zog weiter. Dem empörten Orte Admont wich er aus.

Eine Stunde hinter Admont, wo sich das Tal schließt und der Ennsfluß hinein in jene Felsenschluchten braust, die das Gesäuse genannt sind, wo sich die kegeligen Vorberge des gewaltigen Buchsteines erheben, stand zur Zeit dieser Geschichte eine berüchtigte Schenke. Sie war halb in Felsen gehauen, halb aus rohen Holzstämmen des Urwaldes gezimmert. Eine Art von Met aus wildem Obst und Honig und Branntwein wurde in ihr gebraut und getrunken. Sie war das Obdach von Menschen, die sonst kein Heim hatten und vor denen sie oben im Flecken und in allen Bergen und Höfen die Türe zuschlossen.

Es war spät abends, als Höllbart zu diesem Hause kam und um Nachtlager bat. Der Wirt, welcher ein braunes Gesicht, rote Haare und einen Lederschurz trug, brachte dem fremden Gaste sofort von seinem Branntwein. Aber Höllbart erklärte zugleich, daß er kein Geld besitze, um den Trank zu bezahlen, er bitte nur um Gottes Willen.

Brummend goß der Wirt das Glas in seine eigene Gurgel; aber sein Weib war so gut und stellte dem Pilgersmanne ein Schüsselchen brauner Suppe vor, auf daß, wenn er am Ziele seiner Pilgerfahrt vor dem Gnadenbilde liege, er im Gebete der Geberin gedenke. Die Schenkin gab zu diesem Zwecke gerne Almosen, sie konnte dafür um so viel mehr Wasser in ihren Keller rinnen lassen, und um so gewissensruhiger die Hehlerei betreiben. Sie verließ sich ganz auf den Vergeltsgott der Armen.

Im Dachraume ober der Schenke lag Moorheu und Waldmoos geschichtet. Hier wurde unserem Wandersmann die Schlafstätte angewiesen. Höllbart war müde und erschöpft bis in die Seele hinein. Die letztvergangenen Nächte hatte er in finsteren Wäldern und auf unsicheren Heiden zugebracht. Das war ein anderes gewesen als das sanfte Linnenbett in seinem traulichen Pfarrhofe, aber auch ein anderes als das herbe Mattengeflecht auf dem düsteren Turme zu Mittersill.

In dieser entlegenen Hütte wähnte er sich geborgen, und so wollte er wieder einmal unter einem menschlichen Dache friedlich ruhen.

Allein eine Schenke wie die am Fuße des Buchstein bleibt nachts und zu so einer bewegten, störrischen Zeit nicht ruhig. Wildbärtige

Männer und zerlumpte, glutäugige Weiber fanden sich ein; die meisten von ihnen waren scharf bewaffnet mit Hacken, Äxten, Sensen und Morgensternen. – Einer und der andere schwang sein Wehrbeil kampflustig in die leere finstere Luft hinein. Und sie zankten, fluchten, sangen Lieder, die zu halb geistlichen Inhaltes, zu halb Zote waren. Und sie tranken Branntwein.

Einer von den Gesellen hatte gar einen Rohrtiegel, in welchem zur Verwunderung aller ein braunes Kraut glimmte, und der Mann sog den Rauch durch das Rohr und blies ihn toll in die Menge hinein. Der Rauch hatte einen starken Geruch, und jeder und jeder wollte versuchen ihn zu saugen. Das Kraut aus der Neuen Welt war's, das zu dieser Zeit schier so viel von sich reden machte, als die neue lutherische Lehre.

Bald war die ganze Kammer angedampft, die Weiber hüstelten, und das arme Talglicht wollte schier erblinden.

Da ging die Türe auf; das Mönchlein mit der Blechbüchse trat ein. Der Esel war draußen geblieben, fraß sein Heu in Frieden und schüttelte dabei seine Ohren. Einmal ohne Pfaffenlast und Sammelbüchsengerassel sein Heu verzehren, das tat ihm wohl.

Bruder Jonas, wie sie den Eintretenden benannten, wurde derb und lustig begrüßt. Einen Mann wie den Bruder Jonas kann man brauchen. Kann man brauchen immer und überall, insonderheit zur Kriegszeit, wo es trotz landesfürstlicher Satzung allerorts zu erhaschen und zu naschen gibt. Das ist ein gut Ding, daß die heilige Mutter Kirche einen Ablaß spendet, durch den jeglich Hehl und Fehl ausgelöscht und durch den zu allen Unternehmen die Gnade Gottes kann erworben werden. Macht man tausend Taler Beute, so spendet man gerne fünfhundert in den Pfennigbeutel, daß des kleinen Seitenangriffes nach des Nächsten Gut des weiteren nicht soll gedacht werden. Und kreuzt, was leicht geschieht, ein Feind die frommen Wege, oder ist ein solcher sonst hinderlich an der Erlangung eines sehnlichst Gewünschten, so findet sich ein Mittel, ihn aus dem Wege zu räumen. Was weiter? Man flieht in den Arm der Kirche, vergießt silberne Tränen der Reue, und – Gott ist barmherzig.

So schön war's zur Zeit dieser Geschichte eingerichtet. Zwar geben solche Dinge der Erzählung einen unerquicklichen Hintergrund; aber sie lassen sich nicht leugnen, nicht verschweigen; Luther hat ja dagegen den wuchtigen Protest in die Welt geschleudert. Und unseres Helden Geschicke sind aus solchen Zuständen hervorgegangen.

Nach obigem nun war es kein Wunder, wenn der wackere Ablaßkrämer in der Schenke höchst willkommen geheißen wurde. Aber auf den sonst so freundlichen Zügen des Bruder Jonas war heute hohe Entrüstung zu spüren.

»Unglückselig Haus, des Dach Ketzer und Lutheraner beherbergt!« rief er aus. Da erhob sich alles: »Ketzer! Lutheraner! In diesem Hause! Hochwürdiger Herr, wir sind gute katholische Christen, und ist etwan einer unter uns, der –« Sie machten die Gebärde des Niederschlagens und sie fuhren wild durcheinander.

»Der entsprungene Lutherpfarrer aus dem Salzburgischen, der Matthäus Höllbart ist dahier!« sagte der Mönch halb drohenden und halb ängstlichen Tones. »Von Steckbriefen verfolgt, ist er gesehen worden, wie er zur Dämmerung in dieses Haus geschlichen. Der leidig' Teufel muß auf ihm sitzen; hab' ich den Höllbart gestern doch selber gesehen, wie er unter dem Kreuze gehockt, am Platze der Gottesmutter, die er hat zertrümmert. Hab' ihn nicht erkannt, gleichwohl er sich für keinen einzigen Heller Ablaß hat erworben. Heut erst, wie ich den Steckbrief gelesen, hab' ich den Wolf im Schafpelz gewahrt: Einen Pilgermantel trägt der Heid'!«

Da rief die Schenkin« schon ihr: »Jesus, Maria und Joseph!« und schlug die Schüssel, aus welcher der Ketzer die Suppe gelöffelt, in den Herd hinein, daß die Scherben stoben. Des Wirtes braunes Gesicht war blaß geworden; er leugnete es nicht, daß auf seinem Heuboden ein Mann im Pilgerkleide ruhe.

Sofort wurde alles geheimnisvoll still. Man flüsterte, bekreuzte sich und machte Anstalten, den Höllbart aus der Heukammer hervorzufangen, um ihm sein Recht anzutun.

Die Leiter wurde angelehnt, zwei kernfeste Männer mit Knitteln und Äxten stiegen im Finstern zum Dachboden empor. Sie tasteten und schlugen und stachen im Heu herum; da gellte plötzlich unter ihren Hieben ein gräßlich Gewinsel und Gestöhne. Bald war alles wieder still. Einem der Männer war, als sehe er durch die dicken

Dachbretter die Sterne des Himmels funkeln. Da faßte sie Entsetzen, sie polterten die Leiter herab in die Stube und erzählten mit gesträubten Haaren, was sie gesehen und gehört.

Und als sie hierauf mit dem Talglichte den Oberraum durchforschten, da fanden sie im Heu keinen Pilgersmann, sondern eine schwarze, in Todeskämpfen zuckende Katze. Wohl erneuerte sich nun das Entsetzen. – In eine Katze hat er sich verwandelt, aber das Strafgericht hat ihn doch ereilt, die Katze ist tot. – Diese Ansicht wurde sogleich entkräftet, als die Schenkin in dem erschlagenen Tiere nicht den gottlosen Höllbart verfluchte, sondern ihre liebe, treue Hauskatze beweinte. Da sahen sie am Dache auch die Lücke eines ausgehobenen Brettes.

Und als sie so gewahrt hatten, daß es doch ein Mensch war, der nicht durch eine Fuge und nicht durch ein Schlüsselloch entschlüpfen konnte, sondern wie auch alle anderen einer bedeutend großen Bretterlücke bedurfte, um durch das Dach zu entkommen, da ging frischen Mutes die Verfolgung von neuem an. Alle Gebüsche und Schlupfwinkel um das Haus wurden durchstöbert; aber keine Spur vom falschen Pilgersmanne.

Die Schenkin klagte über ihr totes Tier; die anderen Weiber keiften und schwätzten von Hexen- und Teufelsgeschichten; die Männer fluchten in den Bart, und der Bruder Jonas ordnete für das Früheste des nächsten Morgens die Durchsuchung der Gegend an.

Als sich hierauf der Mönch anschickte, seiner Herberge im Flecken zuzureiten, da fand sich im Hofe wohl der Heubarren vor, aber das Eselein nicht.

Das Eselein war mit dem Pilgersmann gegangen. Ist man zu ermüdet, so schläft sich's nicht gut. Auch war das Gejohle in der Schenke arg. Höllbart konnte die erwünschte Ruhe nicht finden. Als er nun unter sich in der Stube seinen Namen hörte, und wie man auf war, ihn zu fangen, da verspürte er keine Müdigkeit mehr. Er hob ein Brett aus und sprang vom niedrigen Dach in den Hof. Dort stieß er unversehens ans Eselein.

Sogleich kam ihm der Gedanke: Vier Füße traben besser denn zwei – da saß er schon auf dem Rücken des Langohrs.

In der Schenke war noch die Verwirrung der schwarzen Katze wegen, als Höllbart schon über den Moorboden hin der Straße zuritt. Der Esel ließ sich's schlennen, er merkte es gleich, sein neuer Herr war um einiges leichter als der alte – ganz abgesehen von der Blechbüchse, die indes auch stets um so leichter gewesen war, je mehr sie gerasselt hatte.

Auf der Moorheide begegneten unserem Eselsreiter zwei Männer, der erste kauerte auf dem Boden und bat den Vorübertrabenden um einen vollkommenen Ablaß von hundert Tagen; denn im Falle einer in dieser Zeit sterben müsse, könne er weder das Büß-, noch das Altarssakrament empfangen; die Priester seien jetzunder alle verjagt.

Der zweite Mann sprang weiterhin aus einem Gebüsch hervor, hielt den Esel an, hob gegen Höllbart eine Keule und forderte die Blechbüchse. Als er sein Versehen inne wurde, huschte er kichernd davon. Der Strohhaarige vom Berge war's gewesen.

Als Höllbart hinab zur Straße kam, stieg er vom Esel und ließ diesen allein gegen Admont traben, auf daß dessen Spur im Straßenstaube die Verfolger irre führen sollte. Er selbst aber eilte über die Heide dem Ennsflusse zu und wand sich an dessen unwirtlichen Ufern die bewachsenen Felshänge hinab in die wilden Schluchten.

Hier war nicht mehr das Land der Menschen; hier hatte kein Weg und kein Steg Raum an den Ufern des tobenden Flusses, hier ragte das zerrissene Gewände aus in die Nebel der Alpen. Kein Mensch hatte damals die Höhen dieser Felsriesen gemessen, ihre Zinnen je bestiegen. In diesen Öden, nur von dem Sausen der Gewässer und dem Brausen der Stürme durchdonnert, hatte damals niemand was zu holen. Selbst den Gemsen war das kahle, überhängende Gewände zu wüst, und der tollkühne Steinbock wählte sich die bequemeren Hochwarten an der oberen Enns. Tiere, die in den Höhlen kriechen und in den Lüften fliegen konnten, waren die Bewohner dieser schauerlichen Schluchten. Keine Wildnis gab es im steierischen Alpenlande, die von den Menschen so spät und so schwer überwunden wurde, als dieses gewaltige Kalkgebirge an der Enns.

Stundenweit kletterte Höllbart mit Gefahr des Lebens in die Felsenwüste hinein. Sein Pilgermantel war durchnäßt von dem Staube des gischtenden Stromes, und sein Ohr war betäubt von dem Tosen des Flusses, der – wie still und stattlich breit er auch durch die oberen Täler rinnt – hier wieder zum reißenden Wildbache wird, als welcher er weit oben die Salzburger Alpen durchwütet.

Und als nun der Mond aufging und die Nebelfetzen zerrissen hoch in den bleichen, schründigen Wänden wallten und die weißen Bänder der Wasserfälle niedergingen von Hang zu Hang, und die Wogen der Enns zwischen den schwarzen Steinklötzen wie ein Schneelahnenstrom fluteten, und als so in dem steten Rauschen und in dem blassen Dämmerlichte die Schauer der Einsamkeit zogen, da hub unserem Wandersmanne an zu grauen. Und dort, wo die Schlucht sich ein wenig weitet, wo der Strom nur flüstert und an seinem Gestade schwarzer Tann dämmert, verkroch sich Höllbart in eine Felsenkluft. Er schlang den Mantel fest um seine schauernden Glieder und kauerte sich hin an die Wand, auf daß er endlich ein wenig ruhe.

Doppelt schwer lag zu dieser Stunde gewaltiger Majestät das Bewußtsein seines Schicksals auf seinem Gemüte. Er war noch jung an Jahren, und in seiner Seele hellten gerne liebliche Bilder. Der Sohn eines Landmannes, hatte er am stillen See und auf grünender Au die Kindheit verjubelt. Sein Sinn ging stets nach dem Schönen und Milden, er liebte die Erde ihrer Blumen, den Himmel seiner Sonne wegen. Da wurde er von seinen glaubenseifrigen Eltern für das Priestertum bestimmt und in seinen ersten Jünglingsjahren dem Bischof von Salzburg überliefert. Am Tage seiner Abreise von daheim hatten die Tauben ein wirres Geflatter und ein ängstliches Gegirre über dem Hof gehabt; seine Mutter wollte darin ein böses Vorbedeuten sehen und den einzigen Sohn nicht ziehen lassen. Aber der Vater behauptete, das sei Teufelsspuk und sein Sohn müsse ein Kirchenlicht werden.

Er war ein Kirchenlicht geworden – aber ein zu helles; im Gottesreiche standen Gestalten, die warfen lange Schatten. Doch hatte er sich nicht selbst hervorgedrängt in die Reihe der Streiter, er war gedrängt worden. Still und anspruchslos war sein Wirken gewesen in dem Sprengel, dem er als Priester nur wenige Jahre angehört hatte. Sein Gewissen machte ihm keinen Vorwurf, daß er gegen einige der grellsten kirchlichen Mißbräuche sein Wort erhoben. Er hatte seine Priesterpflicht getan und hoffte nach den Tagen der Prüfung auf liebfreundlichen Wegen zu wandeln.

Heute aber, es war eine milde Sommernacht, und doch sagte sich Höllbart im Angesichte der wildgewaltigen Erhabenheit: Wie groß und furchtbar muß ein Gott sein, der eine solche Welt erschuf! Ich bin hinausgetreten aus der Gemeinschaft, habe verzichtet auf die Gnaden, habe stolz meine Sach' auf mich selbst gestellt. Wird ein Bestehen sein vor dem, des Herrlichkeit Himmel und Erde erfüllt?

Zur trostreichen Beruhigung kam der Schlaf, des Gerechten Ruhe in Gott.

Als er nach mehreren Stunden erwachte, war er gestärkt. Auf den Tafeln der Hochwände lag die stille Morgenglut. Eine herbkalte Quelle sprudelte aus dem Gestein. Höllbart trank, wusch sich die Augen und die Stirne, dann zog er weiter.

Durch Gestrüppe mußte er sich winden, über Felsen mußte er klettern, den Fluß mußte er unzählige Male überschreiten; Stürme und Lahnen hatten ihm Baumstämme als Stege über das Wasser geworfen. Auch über Schrunde und Schuttriesen mußte er setzen, durch Löcher und Überhänge mußte er kriechen, bis er nach vielen Stunden die Wildnis hinter sich hatte und in das Kohlenbrennerdorf Hieslau kam. Hier wendet sich die Enns gegen Mitternacht, um nach dem wüsten Fiebertraume in der Wildnis still und ruhesam den Geländen der Donau zuzufließen.

Höllbart sehnte sich nicht nach bewohnteren Gegenden; ihm schien es im Hochgebirge bei Köhlern, Wurzelstechern und Wilderern sicherer. Er wendete seinen Lauf dem Erzgebirge zu.

Vor der Bergkirche zu Eisenerz waren Menschenmassen versammelt. Der Kirchenraum konnte die Menge nicht fassen. Der Priester stand auf einer grauen Felswand und predigte dem aufgeregten Volke. Heute predigte er nicht von den Sakramenten und anderen kirchlichen Glaubenslehren, heute hielt er die Hände gefaltet und rief:»Brüder, haltet Friede untereinander; seid gehorsam, Untertan der Obrigkeit. Die Obrigkeit kommt von Gott!«

»O nein!« schrie eine Stimme aus der Menge. »Unsere Obrigkeit kommt vom Teufel; Gott besegnet das Feld, aber unser Edelmann stampft mit seinen Jägerbanden das Korn in die Erden! Gott besegnet die Fruchtkammer, unser Edelmann leert sie aus. Die Obrigkeit tritt uns mit Füßen. Die Obrigkeit ist vom Teufel!«

Tausendstimmiger wild erregter Beifall. Der Priester konnte nicht mehr weiter sprechen; mit Fichtenzapfen wurde er beworfen.

Ein derber eckiger Mann, dessen finsteres Haupt mit den langen scharlachroten Locken über alle Köpfe emporragte, wurde nun jubelnd umringt: »Der ist unser König! Der Sabin lebe!«

Der »rothaarige Sabin« war er genannt, ein verachteter, blutarmer Teufel bis zu den Tagen des Aufruhrs. Da war der Sabin der erste gewesen, der zutiefst bedrückt von den geistlichen und weltlichen Herren das Wort ausstieß: »Niederbrennen die Schlösser und Klöster! Die Ketten brechen! Uns gehört die Welt!«

Der Sabin war's gewesen, der mit viertausend Bauern den Landeshauptmann Dietrichstein bis in das Ennstal verfolgte, vor Schladming ihn umringte, sich vor den Hauptmann hinstellte und ihm die Worte ins Gesicht schleuderte:»Dieser Dietrichsteiner hat uns Brüder am meisten verfolgt, Vertrieben, spießen und mit Rossen auseinanderreißen lassen. Ist einer im Ring herum, der anders weiß? Der trete herfür!«

Es trat keiner herfür.

»So hab' ich meine Klag' genugsam bewiesen und sprech' zu Recht: Er soll gespießt werden! Und welcher *der* Meinung ist, der recke eine Hand auf!«

Viertausend Hände wurden aufgereckt.

Sie sind aber den heranmarschierenden, ihnen zehnfach überlegenen Söldnern gewichen. Doch nur bis auf weiteres.

Der rothaarig' Sabin war dabei, als auf dem Schladminger Platz ein Dutzend Edelleutköpfe in den Sand kugelten. Der Sabin hatte die Pechfackel geschleudert in das Gebälke des prächtigen Schlosses Teuffenbach. Der Sabin hatte es vor den Zinnen Steinachs gerufen:»Haben sie das Recht, unsere Saaten zu verwüsten, so haben wir das Recht auf den Wald und das Wild! Brauchen wir einen Herrn, so werden wir uns einen machen! Brauchen wir einen Pfaffen, so werden wir uns einen erwählen. Wir Bauern können das Land ernähren, aber wir können es auch verheeren! Wir Bauern sind die Ersten und die Letzten!«

Räuber und Mörder hatte der Salzburger Erzbischof die Rebellen geheißen.»Wohlan!« rief der Sabin,»der Bischof soll seiner Tag ein wahres Wort gesagt haben!«

Der Sabin hatte das Volk der Alpen von Sonnenaufgang und Mittag mit dem Donner seiner Rede zusammengerufen vor die Mauern der Bischofsburg und mit dem Sturme seines Atems gleichsam die Gluten der brennenden Stadt entfacht.

Erst als der gewaltige Salm mit seinen alles niederwerfenden Heeresmassen nahte, floh er zurück in die Heimat.

Das war die Vergangenheit des Mannes, der heute vor der Bergkirche zu Eisenerz den Prediger unterbrochen hatte. Ein kühnerer

Recke als dieser Sabin war im Lande Steier nicht geboren worden, und sein wild genialischer Schwung riß die Massen mit sich fort.

So war es kein Wunder, daß die Menge jetzt den alten Priester, welcher eine Obrigkeit gepredigt, die eigentlich des Teufels war, verhöhnte und zuletzt mit Steinen bewarf. Der Prediger wollte fliehen, da stürzten ihm ein paar Bursche nach und warfen ihn johlend nieder.

So trat denn ein noch junger Pilgersmann hervor, um den Greis zu schützen. »Hintan, ihr Buben!« rief er entrüstet. »Ist euch der Priester nicht heilig, so sei es der Mensch, der arme, hilflose Greis. Ehret die Obrigkeit! Das ist eine große Satzung Gottes; aber – ehrt das Alter! Das ist eine noch größere. Nach den Vorschriften der Gebote zu predigen und zu lehren, das ist des Priesters Amt. Ihn steinigen, weil er seine Pflicht erfüllt? Machet nur die Augen auf und seht den alten Mann; er ist arm und verlassen, wie ihr selbander; auch er schmachtet unter dem Drucke geistlicher und weltlicher Oberen, so tief gedrückt, wie ihr selbander! Erbärmliche Kreaturen, die den hilflosen Knecht steinigen, weil sie dessen Herr mit Füßen hat getreten. Einigt euch, ihr Knechte alle, statt Zwiespalt zu stiften; es gibt andere Mittel, die Ketten zu sprengen!«

Sie waren betroffen zurückgewichen, aber der Sabin trat hervor. »Was sagt dieser Mensch? Der predigt euch ja an wie ein Pfaff! Bist etwan auch eine von Gott gesandte Obrigkeit? Wir kennen keinen Herrn als uns selber. Bei uns herrscht die Stimme der Gemeine. Soll ich dir's beweisen? Soll ich abstimmen lassen über deinen Kopf?«

»Abstimmen *lassen*!« sagte Höllbart, der junge Pilgersmann, mit ruhigem Nachdruck. »Wer bist du, daß du gebieten willst? Wer gab dir Vollmacht? Bestehst du zu Recht nach dem Willen der Gemeinde? Bist du gewählt zum Oberhaupt?«

»Nein!« riefen mehrere Stimmen, »er ist nicht gewählt. Er hat sich vorgedrängt. Er will die Herren erschlagen, um selbst zu herrschen, der Wildling mit den roten Haaren. Nieder der Sabin! Der Fremdling im Pilgermantel soll unser Führer sein!«

Hundert Stimmen riefen es.

»Des bewahre mich Gott!« sagte Höllbart, »ihr seid nicht die treuen Streiter gegen die Knechtschaft; ihr seid ein loser Haufe; euer

Gesetz heißt Wankelmut, euer Recht heißt Gewalttat. Gebt acht, ihr schmiedet euch schwerere Ketten, als euere Vorfahren haben geschleppt!«

Ein einziger Beifallsruf erscholl, und der ihn ausgestoßen, das war der Sabin.

Wilde Bewegung gärte in den Menschenmassen. Höllbart, durch Zufall in diesen unheimlichen Kreis verschlagen, hatte Mühe zu entkommen.

Er wanderte, ein Flüchtling stets, gegen die Gebirgsgruppe des Hochschwab.

Es war schon Abend, als Höllbart an den schönen, wald- und felsbegrenzten See kam.

Ein letzte Hütte kauerte hier am Waldhange, die nahm den Wanderer auf. Die einzige Bewohnerin der Hütte war eine alte Frau; diese schnitt sich eben ihre weißen Locken ab, als der Wanderer eintrat. Nun konnte sie ihr Dienstherr nicht mehr an den Haaren zerren, wenn sie ihm aus dem See zu wenig Fische lieferte. Die Locken begrub sie unter grünem Rasen, denn – »in der Nähe wohnt eine Hexe, die hat über jeden Gewalt, von dem sie ein Haar weiß zu kriegen«.

»Wer bist du und wo gehst du hin?« fragte die alte Frau den Pilgersmann. Er aß und trank mit ihr, schlief unter ihrem gastlichen Dach; er blieb neun Stunden in ihrer Hütte, aber er konnte ihr auf obige Frage keine Antwort geben.

Wer bist du und wo gehst du hin? das fragte er sich ja selber hundertmal. Er war ein Flüchtling und ging dem Osten, dem Sonnenaufgang zu. Nach dem Niedergange zieht der Menschheit endloser Strom; nur wenige gibt es, die dem Strome entgegen, einsam dem Aufgange zustreben.

Das Mütterlein erzählte seinem Gaste, es habe einen Sohn, der hätte Priester werden sollen, aber er sei es, gottlob, nicht geworden. Er sei viel verlacht gewesen, denn Gott habe ihm lichtgelbe Haare erschaffen, und so hätten sie ihn fortweg den »Strohschädel« gescholten. Aber er habe Grütze im Kopf und sei ein gar braver Junge, und jetzt sei er oben im Admontischen und helfe wacker mit, den Herrentrotz zu brechen.

Höllbart starrte in die Wand hinein und konnte dem Mütterlein nicht in das Gesicht sehen. Er kannte ja ihren Sohn, den braven Jungen, der war Kirchenschänder und Straßenräuber.

»Hätte geistlich werden sollen,« wiederholte die Alte, »ist es aber, gottlob, nicht geworden.«

Als Höllbart die Fischerhütte verließ, spiegelte sich die morgensonnige Seemauer in der dunklen Wasserfläche. Der Wandersmann, neu erfrischt, schritt rüstig fürbaß. – Ein Pilgersmann, der gen Zell reist, dachten sich die Waldleut', denen er begegnete, und sie grüßten ihn ehrerbietig und empfahlen sich seiner Andacht.

Ein Pilgersmann ist er freilich, aber wo ist sein Zell, sein Gezelt, das heimatlich schützend sich über ihn spannt? Wo ist seine Zelle, in die er den Honig sammelt, so er aus den Blumen und Disteln der Welt gesogen?

Unsteten Sinnes, zuvörderst nur auf Flucht bedacht, zog er durch Schluchten und bewaldete Hochtäler. Immer höher und höher stieg sein Fuß, immer einsamer und stiller wurde die Gegend. Endlich war kein Waldschatten, kein Wildbach mehr; Wacholdergesträuch, Knieholz zog seine bläulich grünen Filze über Lehnen, Mulden und Kuppen. Hier ragte das fahle Gerippe einer abgestorbenen Tanne auf, dort stand ein grauer Fels empor, weithin zogen sich kahle Schuttlehnen, an welchen abgerutschtes Erdreich das Urgestein bloßgelegt hatte. Und die Höhen zogen sich hin und hin, teils Almmatten, teils pflanzenlose Felskuppen mit Schneemulden. Und in den Fernen ragten Spitzen und Kanten und weiße Zinnen mit schier senkrechten Abgründen.

Gegen Morgen und Mittag hin aber lag das weite, weite Waldland, von welchem kaum zu sagen, ob Mensch oder Tier es beherrsche.

Und über all dem lag das ungeheure Meer des Äthers, endlos tief in seiner Höhe, in welcher am sonnigen Tage jeder Blick ertrinkt, der etwa ausfliegt nach einem Gestirn oder nach der goldenen Pforte des Himmelreiches, die dort oben gesucht wurde.

Und in den fernsten Fernen verschwimmt der Himmel und das sanfte Blau des Waldlandes ineinander, und wenn sich daraus in matten Umrissen Wolken erheben, so vermeint das Auge eine neue gigantische Alpenwelt ersteigen zu sehen.

Höllbart stand auf dem hohen Berge und sann. Es war ihm, als stehe er im Urquell des Lichtes und vor hier aus flössen das Leben und das Sterben und alle Geschicke nieder zu den Menschen. Es war ihm, als stehe er in Gott. Und hatten ihn die nächtigen Schluchten der Enns mit Grauen erfüllt, so zitterte nun seine Seele in Zuversicht, Liebe und Begeisterung. Wie schön und rein und treu muß ein Gott sein, der eine solche Welt erschuf!

Die Sonne sank dem Untergange zu; eine scharfe Luft strich über die felsigen Höhen. Wenn dort am weit abliegenden Hange das Rudel Gemsen Steinchen zum Rieseln brachte, so trug die Luft dieses Rieseln treu und klar herüber, als müsse sie in solchen Öden auch den leisesten Schall sorglich wahren und pflegen.

Noch einmal wendete Höllbart sein Auge zurück nach dem wildzerrissenen Berglande der Enns, nach den leuchtenden Schneefeldern des Dachstein, hinter welchen das liebe Salzburgerland liegt. Seine Heimat, wo er Vater und Mutter in die Erde gesenkt, wo er sein Schwesterlein getraut mit dem Herzerwählten, wo er den Landsleuten zu Trost und Frieden das Wort Gottes gepredigt. – Seine Heimat, die ihn verdammt hatte zu ewigen Ketten.

Höllbart stützte sich auf seinen Wanderstab und weinte.

Er blickte nicht mehr zurück; an den östlichen Hängen des Gebirgsstockes stieg er nieder.

––––––

Auf den Almweiden der Niederung unter einer Gruppe hoher dichtästiger Fichten stand ein kleines Haus – das einzige weit und breit. Es war gezimmert aus Stämmen, an denen noch die Rinde klebte, und sein flaches Dach war beschwert mit Steinen. Ein kleiner Herdenstall stand daneben, der war ähnlich gebaut.

Es war allmählich die Nacht heraufgestiegen aus dem weiten Osten.

Als Höllbart niederwärts zu diesem Hause kam, drang schon der rote Schein des Herdes aus den Fensterchen und fiel zitternd an die Stämme der Fichten.

Und als Höllbart in das Haus trat und seinen Gruß bot, da dankten sie dafür mit einer traurigen Stimme.

Bei der knisternden Flamme des Herdes war niemand; die wirbelte für sich allein. Mann und Weib und Kind saßen still um ein Lager herum, und auf dieser Stätte ruhte ein Greis, der hatte die Hände über der Brust gefaltet und lag auf einem Kissen, und seine spärlichen lichtweißen Locken wallten über das Kissen nieder.

Der Mann, der neben den anderen bei dem Ruhenden gesessen war, erhob sich nun und ging dem Eintretenden entgegen. Wortlos faßte er ihn an der Hand und leitete ihn gegen den Herd hin.

Am Herde flüsterte er dem Pilgersmann zu:»Wenn Ihr bei uns übernachten wollt, so seid gerne willkommen. Aber frohe Gastlichkeit können wir Euch nicht geben. Es ist gestern der Vater gestorben, morgen soll er in die Erden. So haben wir ihn nur mehr die einzige Nacht im Hause.«

Ein Hafermus setzten sie dem Wandersmanne vor. Dann führte ihn der Hausvater auf den Stallboden und sagte:»Hier schlafet. Das ist mein Bett ansonsten, aber ich bleib' wach. Ich bin jetzunder der Älteste im Haus.«

Höllbart war allein. Er tat die Augen zu. Aber seine Seele sah doch den Mond durch die Dachspalten zucken. Er spann sich auf Mondfäden empor zu Himmelshöhen; ein ewiges Uhrwerk sah er stehen auf dem Grunde der Welt und jedes Gestirn war ein Rad und das tickte und tickte ...

Er schlug die Augen auf, er wendete sich, er war wach, aber das Ticken hörte er fort und fort. Da erhob er sich und stieg hinab in das Freie.

Taunaß war der Rasen und der Mond stand hoch. Es war Mitternacht.

Auf einer der Fichten saß jemand und hieb Äste herab; das war das Ticken. Die Äste fielen rauschend zu Boden. Höllbart trat ins Haus. Am Herde brannte eine Spanlunte. Um das Lager des Toten saßen sie noch beisammen, wie sie am Abend beisammengesessen waren. Keines sagte ein Wort. Der Hausvater hatte Geäste vor sich, wie es draußen vom Baume fiel; das flocht er ineinander. Zwei halb erwachsene Mädchen blickten den Toten schier unbeweglich an. Das Weib hielt einen schlummernden Säugling auf dem Schoß. Als Höllbart eingetreten war, stand der Hausvater wieder auf und ging ihm entgegen.

Höllbart sagte, er wolle nicht schlafen, er wolle, wenn sie es erlauben, auch im Hause sein und an der Leiche wachen.

Da führte ihn der Hausvater zu einem Holzstöckel, das zu Häupten des Toten stand, auf daß er dort Platz nehme. Dann nahm er wieder die Äste vor und flocht.

Höllbart konnte sich nicht enthalten leise zu fragen, was aus diesen grünen Fichtenzweigen werden sollte.

Der Hausvater antwortete:»Das wird die Truhen,« und flocht weiter.

Und nachdem wieder eine Weile die Stille gewesen war, als ob des Schläfers Ruhe nicht gestört werden dürfe, legte der Hausvater das Flechtwerk beiseite, ließ die beiden Hände über die Knie hinabhängen und murmelte in den Boden hinein:»So ist es gekommen und so hängen die alten Zeiten zusammen mit dem heutigen Tag.« Da drängte es Höllbart wieder zu einem Worte, und auf den Toten deutend, sagte er:»Der Mann muß schon alt gewesen sein.«

»Alt?«entgegnete der Hausvater und blickte auf.»Sein Großvater – gar ist er's nicht gewesen, aber so mögen wir ihn alle wohl heißen – der hat das Kreuz auf der Brust getragen und ist mit den Heerscharen ins heilige Land gezogen.«

Höllbart hob sein Haupt.

»Wohl,« fuhr der Mann fort,»der ist Burgknappe gewesen zu Brück. In einer großen Sterb' hat er Weib und Kind verloren; so ist er auf und mit den Kreuzfahrern gezogen. Hat ihn schon gar nichts mehr gefreut, so hätt' er doch zum guten End' sein Blut mögen einsetzen für eine gute Sach' – wenn's eine gute Sach' gewesen ist. Nu, wie der Will'. Nach vielen Tagen ist er wiederum zurückgekommen, abgezehrt bis an die Knochen und in den Lappen seines Kleides hat er ein Knäblein getragen.

»Wir auf der Bergeshöh' mögen uns das nicht so vorstellen, aber grausamlich müssen die Unsern im Morgenland geschlachtet haben. Wie das friedsame Gottesgrab einen Christenmenschen nur so wild machen kann! Gerauft haben sie selbander schon wie die wilden Tier', und die Unsern, die ins Morgenland gefahren, weil sie alldorten die heilige Christuslehr' wollten verbreiten, das Grab wollten befreien, – die haben – ah, 's ist eine wilde Geschichte.«

Der Erzähler hatte unwirsch abgebrochen, und erst nach einer Weile ergriff er wieder das Wort:

»Schaut, und da hat mein Urgroßvater das Schwert gar nach einem Kinde ausgestreckt. Das hat unter einem Zederbaum mit Zweigen gespielt, ist hilflos und leicht wohl verwaist gewesen, hat meinen Urgroßvater lieblich angelächelt. – Lasset die Kleinen zu mir kommen! hat der Mann gesagt, deswillen jetzt der blutige Krieg entbrennt .. So hat zur selbigen Stund' mein Ahn gedacht, hat das Schwert in die Scheide getan, hat das Kind auf seinen Arm genommen. Nimmer ist er seinen Genossen gefolgt, nimmer hat er gestritten um des Erlösers Grab – da der Herr ja von Toten erstanden, wer soll noch streiten um sein Grab? – Des Kindes Vater und Mutter haben die Christen erschlagen, so hat' unser Ahn als Christ gedacht: Kind, ich nehme dich und will dein Vater sein. Bist du ein Juden- oder ein Heidenknab', so ist ja der Herr Jesu Christ' auch ein Jud' gewesen.

»Er ist davon. Wie es ihm unterwegs ist ergangen, das soll er niemalen gesagt haben. Das Kind hat er mit in unser Land gebracht, ist aber nicht mehr verblieben als Burgknapp zu Brück. Die große Schmach hat er gesehen, so ist ihm aller Glauben an die Menschheit vergangen. Aber er ist selber so einer gewesen, und das kann er nimmer aus sich herausreißen, da muß ein anderes, ein ganz anderes Leben angefangen werden. Und hat er den Knaben schon zu sich genommen, so will er ein Ordentliches aus ihm machen, ein Besseres, als was er selber ist gewesen. Das soll nicht in Leibeigenschaft sein, das soll nicht sengen und brennen und Menschenbrüder umbringen. Viel lieber in tiefen Einöden sorgen und graben und ein freier Mann sein. – So hat er's vermeint und ist mit dem Kinde heraufgestiegen in dieses Gebirge, das dermalen leicht noch von keinem Menschenfuß ist betreten worden.«

Der Hausvater brach ab und sann. Und dann murmelte er wieder vor sich hin:»So hängen die alten Zeiten zusammen mit dem heutigen Tage.«

Dann fuhr er fort:

»Diese Niederung, die rings wohl eingeburgt ist von Bergen und durch das Schwabengewände vor Wetterstürmen geschützt und auf welcher gutes Weidegelände zu finden – hat der Urgroßvater erkoren. Hier hat er sich aus Steinen und Rinden eine Hütte gebaut, und hier hat er sieben Fichten gepflanzt, auf daß seine Nachkommen die Heimatsstätte erkennen sollten, wäre die Hütte auch längst zerfallen. Das Denkmal hat sich der Ahn gesetzt; er ruht längst unter den Fichten. Der Knabe aus dem Morgenlande ist gediehen, groß gewachsen, hat als Hirt gelebt wie sein Ziehvater und wie seine Stammeltern im Morgenland auch als Hirten haben gelebt. Aus dem grünen Tragöstal hat er sich die Gesponsin genommen, und nach vielen Jahren einer friedsamen Lebenszeit, da sein Sohn schon erwachsen, ist er zur Ruhe gegangen unter die Fichten. Sein Sohn ist alt geworden an die neunzig Jahre, allfort gesund, allfort frohsam, hat dieses Haus gebaut, hat darin Kind und Kindeskinder gesehen, jetzunder ist er gestorben vor zwei Tagen.«

»Die Fichten stehen noch,« setzte der Mann nach einer Weile bei, »und mein Älterer, der Lindolf, schlägt Äste ab. Auch Großvater und Urgroßvater haben einen solchen Sarg gehabt.«

Als Höllbart diese Erzählung gehört hatte, war es ihm, als müsse er reden, vermochte aber kein Wort zu sagen. Er erhob sich und ging hinaus in die kühle Mondnacht. Er kannte nicht, was mit ihm war. – So oft, wenn er am Altare geopfert, hatte er zu seinem Erlöser gefleht um den Frieden des Herzens, um die Ruhe in Gott. – Und hier war beides, und er empfand beides, und er meinte, er sei verstorben; und liege gleich sein Leib unten im Jammertale und werde geschändet von den Feinden, so sei doch seine Seele eingegangen in den ewigen Frieden der Auserwählten.

Unten Knechtschaft und Haß und Fluch und Kampf und Streit »um Gottes willen«; und hier oben Frieden und stille Entsagung und Freiheit und weltumfassende Liebe. – Hier auf diese rauhen Felsen ist ein Körnlein der göttlichen Lehre gefallen. Hier ist kein Feind, der Unkraut säet, hier gedeiht der echte Same und bringt hundertfältige Frucht.

Da entstand in Höllbarts Seele der Gedanke: Verbannter Wanderer, bleibe hier auf diesen Höhen, diene wie diese Menschen in Arbeit und Entsagung deinem Gott, bis sie auch dich begraben unter den Fichten.

Aber eine andere Stimme in ihm war laut und warnte: du kommst geradewegs von der Welt, die Seuche der Unzufriedenheit, Zerfahrenheit und Leidenschaften steckt noch in dir, in allen Fäden deiner Kleider. Dein Mund will predigen den Dornenweg, vor dem deine eigenen Füße sich sträuben; deine Ohren horchen aus nach fremden Sünden, da du dir kaum deine eigenen gestehen magst; deine Hände sind gewohnt die Hostie als Gottesleib zu tragen, in der du selbst nur das geweihte Brot von der Pflanze vermagst zu erkennen. Kein Lippengebet und kein geschnitztes Bild hast du hier noch wahrgenommen, und in dir steckt der Priester und vielleicht auch der Pharisäer. Zieh weg. – O, ich hätte mich allem entschlagen, als Einsiedler hätte ich gelebt wie der heilige Antonius, als Büßer wie Augustinus, als Märtyrer wie Paulus.

Aus solchen Träumen fuhr er erschreckt empor.»Matthäus Hellbert,« sagte er zu sich selbst,»in dir steckt noch der Fanatiker, der römisch-katholische Scholastiker. Du gehörst noch dem Wahnwitze an. Du entweihe hier den heiligen Gottesfrieden nicht.«

Aber Höllbart empfand doch die Wandlung, die seit Tagen in ihm vorging. Ein anderer wollte er wieder hinabsteigen zu den Menschen. Er war noch jung, konnte als treuer Friedensbote doch vielleicht manche nach dem Rechten ringende Seelen stärken und beruhigen. Er konnte im Volksaufruhr mäßigend, in Leidenschaften roher Gemüter besänftigend wirken. Und es empfand der lebenskräftige Mann ja auch an sich selbst die Sehnsucht nach Genugtuung für sein Leiden, nach Erfüllung des menschlichen Glücks, nach der wohl jeder ringen darf und soll.

Als der Morgenstern aufging und im fernen Osten hinter Wolkenbänken die Glutnadeln der Morgenröte strahlten, da war der aus lebendigen Fichtenzweigen geflochtene Sarg fertig. Ohne ein

Wort und ohne eine Träne legten die Männer, Vater und Sohn, den Toten hinein. Das Weib legte noch einmal ihre Hand auf seine kalten Finger, die Kinder legten ihm ein hellrotes Dornröschen auf die Brust zu seinem Herzen. Dann krochen sie hinter den Herd und huben an sich zu fürchten. Die Männer hoben den Sarg und trugen ihn hinaus zu den Fichten und senkten ihn still in das bereitete Grab.

Höllbart war mit dem Gedanken umgegangen, den Leuten dadurch einen Liebesdienst zu erweisen, daß er dem alten Manne nach den Gebräuchen der christlichen Religion den Segen in das Grab spreche. Schon im Laufe der Nacht hatte er sich als Priester zu erkennen gegeben. Nun stand er unweit vom Grabe, sie konnten ihn leicht bemerken, aber sie taten nichts desgleichen, und sie baten nicht um den Segen.

Jedes warf eine Handvoll Erde hinab, dann legten sie das Grab zu. Und der Hausvater nahm das jüngste Kind aus den Armen der Mutter und stellte es über den Hügel, daß die nackten Füßchen die Erde berührten. Als dieses geschehen, gab er den Kleinen der Mutter und sagte:»Nimm, Weib, da hast du den Großvater jung und frisch wieder zurück.«

So weiß urwüchsige Herzenseinfalt die Botschaft von der Auferstehung des Fleisches und dem ewigen Leben zu deuten.

Erbaut und erschüttert zugleich verließ Höllbart das Hirtenhaus auf der Alpenhöhe. Lindolf, des Älplers ältester Sohn, begleitete ihn, um ihm den Pfad zu weisen. Es war ein schöner, schlanker Bursche, in dessen dunkelfarbigem und glutäugigem Antlitze die Eigenart des Morgenländers spielte.

»Willst du niemals in die weite Welt hinausgehen?« fragte Höllbart seinen Begleiter.

Da hob Lindolf seine Hand, wies gegen die Morgensonne und sagte:»Alle Tag' steigt eine Sonne aus meinem Heimatlande herauf. Ja, ich werde einmal hinausgehen und das schöne Land aufsuchen.«

Nach kurzem kehrte er um. Höllbart stieg nieder über die weichen Matten, auf welchen die kleine Herde weidete. Ein paar Rinder grasten emsig, und man sah ihnen den Genuß an den Augen an. Andere saßen und kauten und taten, als ob sie vergnüglich in sich hineindächten; wieder andere standen umher und beleckten sich gegenseitig den Kopf und das Genick.

»Da herauf ist der Fluch nicht gedrungen. Selbst die Tiere sind hier glücklich und zufrieden.«

Kaum hatte der Grübler das gedacht, als sich eine Kuh gegen ihre Genossin auflehnte. Diese war ihr streichelnd und leckend mit der Zunge ins Auge gefahren. Das vergalt die Beleidigte mit einem unwilligen Horngegaukel. Die andere gab den Stoß mit den Hörnern zurück. Da stemmte die erste ihre Vorderfüße aus, zog ihre Schnauze unter die Brust und zeigte ihrer Gegnerin die Stirne. Im nächsten Augenblicke fuhren sie zusammen, daß die Knochen gellten. Nach einem heißen Kampfe, wobei die Tiere wild schnoben und die Erde aufwühlten, lag das eine Rind am Boden, streckte die viere von sich und flehte mit einem kläglichen Gebrüll um Gnade. Mit einem Liebesdienste hub es an, mit einem Kampfe auf Leben und Tod ging es voran und der Schwächere unterlag dem Stärkeren. Ewig das alte Lied.

Noch einmal sah Höllbart auf das Haus zurück, das im Hochtale stand unter der Fichtengruppe. Dann wendete er sich rasch und schritt fürbaß.

Er ging durch Zirmgesträuche und junge Lärchen hinab, bis er in die Hochwälder kam, die ihm stundenlang die weißen Felswände und den blauen Himmel verdeckten.

Da nirgends Weg noch Steg zu erkennen war, so folgte er einem Bächlein, das von dem Gebirgsstock niederkam, und diesem ging er entlang, und sein Pilgerstab tat ihm im Klettern und Übersetzen gute Dienste. Das Bächlein wuchs rasch, kam nach und nach auf ebenes Gelände. Endlich rann es an einer elenden Menschenhütte vorüber, später an einem größeren Gehöfte, wie sie zu dieser Zeit anhuben außerhalb der Wälle zu erstehen. Und endlich kam der Bach und unser Wandersmann an einen Flecken – Aveländ genannt.

Hinter diesem Orte, wo sich das Tal wieder einengt, stand ein Eisenhammer, in welchem emsig an neuen Schußwaffen, als Doppelarmbrüsten, Hakenbüchsen und sogar an zentnerschweren Rohrgeschossen gearbeitet wurde.

Auf einem Felshügel stand eine völlig neue Burg. Sie war wenige Jahre früher zur Abwehr gegen die Türken erbaut worden. Sie war mit Mannen besetzt, und als Höllbart zum Tore kam, das den Weg abschnitt und kaum das Wasser unter sich durchließ, mußte er dem Wart sehr artige Worte sagen, daß er weiterziehen durfte.

»Seid Ihr ein Pilgersmann, so ist hier hinaus nicht der Weg nach Zell!« hatte der Wart gesagt.

»Nicht nach Zell, nach Neustadt gedenke ich zu ziehen,« antwortete Höllbart, »ich gehe zu den Landsöldnern und will gegen die Ungarn oder Türken kämpfen.«

Das gute Vorhaben leuchtete dem Pförtner ein und er ließ die Angeln des Tores knarren.

Höllbart war selbst überrascht von dem kühnen Worte, so ihm über die Zunge gegangen. Zu den Landsöldnern und gegen die Türken kämpfen? fragte er sich nun, als er durch die dämmernden Waldschluchten hinzog; ja, im Grunde, was kannst du Besseres tun? Einen Feldpater werden sie wohl brauchen. So hilf gegen die fremden Horden dein Vaterland zu schützen und die abendländische Gesittung zu wahren. Eben rüstet sich der Osmane wieder.

Mit Gewalt – verheerend, sengend, mordend – eine wahre Geißel Gottes, hat der Türke wiederholt die deutschen Gelände der Ostmark überflutet. Wie macht die Weltgeschichte alles quitt! Wenige Jahrhunderte früher sind die Heerscharen aus dem Abendlande in den Orient eingefallen, sind die Plage und die Schrecken Kleinasiens gewesen. Heute geht es verkehrt.

Ähnlich waren die Gedanken Höllbarts, als er in der abendlichen Kühle und im Rieseln und im Rauschen des neben ihm fließenden Wassers dahinschritt.

Und als der Abend dämmerte, traten beiderseits die Waldberge zurück.

Ein breites, schönes Tal tat sich auf, durch welches vom Aufgang gegen Niedergang ein klarer, stattlicher Fluß zog, reich umflochten und umfriedet von Erlen und Weiden. Und dem Flusse entlang ging die breite weiße Reichsstraße mit ihrem beständigen Wagengerassel, Fuhrmannsgeschrei, Peitschengeknatter, Pferdegewieher und all dem lauten und bewegten Lebensstrom, der die Länder damals noch solchergestalt durchwogte. Auf Wiesen und Feldern arbeitete spät noch das Landvolk an der Ernte. Von der Burg auf der Bergeshöhe aber strahlten zahlreiche Fenster. Die Stubenberger saßen vermutlich bei fröhlichem Mahle.

Höllbart wagte es nicht, den belebten Ort Kapfenberg zu berühren. Von einem Landmanne erbat er sich ein Stück Brot, dann übernachtete er auf freiem Felde unter Weizengarben.

Wie ist das Feld so gut! Sein Korn ernährt, sein Stroh erwärmt. Aber die Heimchen kamen herbei und zirpten und flüsterten dem müden Wandersmanne ins Ohr: Das Feld sei schon recht, aber das Beste von ihm bekäme nicht der fleißige Landmann, das Beste bekäme der dort oben im Schlosse.

Ein Vogel saß auf dem Garbendeckel und pickte Körner aus den Ähren. Da erwachte Höllbart, erhob sich und zog weiter. Goldlichte Morgendämmerung lag auf den Waldbergen. Die wiegenden Weiden am Wasser waren wie reifig angehaucht, und alles war tauig und frisch.

Höllbart wandelte im Tale der Mürz.

Seiner Richtung treu bleibend, zog er gegen Morgen. Er mied die Straße und ging im Gebüsche am Ufer des Wassers. Da konnte er trinken, wenn ihn dürstete, und konnte trinken, wenn ihn hungerte. Oft wölbten sich die Weiden über dem Flusse zusammen. Das Wasser zog still, und in seiner Tiefe lagen die runden goldbraunen Steine, und darüber hin in kreuz und krumm und auf und nieder glitten rotbesternte Forellen und sie fächelten anmutig mit den Flossen.

So war Höllbart an dem alten Marein und am lieblichen Kinperg vorübergekommen. Er blickte zu der umwaldeten Festenruine Kinperg empor, an welcher noch die wilden Spuren des Erdbebens waren, das dreihundert Jahre früher diese stille Gegend heimgesucht hatte.

Von der Bergkirche Sankt Georg klang schon das Mittagsglöcklein nieder, als Höllbart weiter gegen die freundliche Anhöhe des

Wartberges schritt. Auf dieser Anhöhe stand damals eine Warte der Lichtenegger, das obere und das untere Tal beherrschend.

An der Warte blieb unser Wanderer lange stehen und blickte still entzückt in das obere Tal – eine schöne grüne Au, von dämmernden Waldbergen umgossen. Nahe zu seinen Füßen durch den Tann herauf schimmerte die Burg Lichtenegg.

Ein Hirtenknabe stand da, der erklärte das Bild: dort der Berggraben, links hinein ist das Veitschtal. Weiter rückwärts rechts die Bergschneide hin ist der Gölk und die rotgraue Mauer davor mit dem Keildache ist der alte Heidenturm zu Krieglach, an welchen sie jetzt eine Kirche gebaut haben. Und weiter rückwärts an den Abfällen des Kaiser- und Königskogels steht die Burg Hohenwang. Seht, jetzt fällt gerade so schön die Sonne drauf, daß die Fenster funkeln. – Ja, und noch weiter zurück sind die Alpen von Spital und der Semmeringsattel, wo die Straße über den Berg ins Österreichische geht.

»Und dahinter liegt Wiener-Neustadt, mein Ziel,« ergänzte Höllbart, sagte dem Burschen ein Dankeswort und stieg den Berg hinab ins obere Tal der Mürz.

Es hungerte ihn; Lichtenegg winkte gastlich. Aber in den Burgen lauern leicht die Steckbriefe auf den Flüchtling. Höllbart ging weiter und suchte im Gesträuche nach Haselnüssen; sie waren noch lange nicht reif. Am Ufer des Flusses, auf Steinhaufen wuchs der Himbeerstrauch; aber Höllbart fahndete vergebens nach Beeren. Und als er im Gebüsche so herumkroch, da flog vor seinen Augen plötzlich eine Forelle aus der Luft, fiel auf den Boden und zappelte im Laubwerk.

Welch ein Wunderland! Nicht Manna, sondern lebende Fische fallen aus dem trockenen Himmel! – Höchlich überrascht war unser Wanderer, aber sogleich griff er nach dem verschmachtenden weißbauchigen Tiere, welches unter den Blättern schlingelte. Da stand aber auch schon der Fischer mit der Angelstange vor ihm und tat das Fischlein in die Wasserlagel.

Und siehe, mehr noch als über den vom Himmel gefallenen Fisch staunte Höllbart über den Fischer. Der war ein schlankes, blühendes Mädchen mit großen nußbraunen Augen. Seine dunklen Locken waren als ein Kranz um das Barhäuptchen geschlungen; seine Arme und sein Busen waren nur mit einem weißen Linnenkleide bedeckt; sein Röcklein war ziemlich hoch geschürzt gewesen, glitt jetzund aber nieder bis zu den Barfüßchen.

Höllbart errötete. Das Mädchen errötete nicht, sondern bekannte lachend ihre Ungeschicklichkeit, daß sie die Forelle mit der Schnur aus dem Wasser in das Dickicht geschnellt habe.

»Ihr suchet Himbeeren,« sagte sie dann, »die hab ich Euch vor einer halben Stunde weggegessen.«

»Gesegne sie Gott.«

»Ja, und Ihr habt etwan noch gar kein Mittagsmahl gehabt?« fragte das Mädchen, »Ihr kommt gewiß von Zell her?«

»Ich komme von weit,« bemerkte Höllbart, der gar nicht wußte, was er sagen sollte.

»Von weit? Und Ihr mögt etwan im Wirtshaus nichts essen? Seid auch sonst ganz fremd dahier und seid müde? Ihr sollt ins Pfarrhaus gehen.«

»Mein Kind,« entgegnete Höllbart, »wie kannst du mich erkennen und hast mich noch niemalen gesehen?«

»Ihr Närrchen,« lachte das Mädchen, »wer wird Euch denn kennen, wenn Ihr so von weit kommt! Fremde Leut' gibt's mehr auf der Welt als bekannte. Ja, brave Leut' gibt's auch mehr als böse, und so besinn' ich mich gar nicht. Wir brauchen dieweilen kein Wirtshaus und kein Pfarrhaus. Dort unter der Esche liegt ein Stein, darauf mögt Ihr sitzen, bis das Mahl fertig ist. Heut' ist Freitag, da bekommt Ihr nur Fische.«

So die junge Fischerin. Und wo ein emsig Weib schafft, ist das Haus bald fertig. Zuerst ging das Mädchen und trug Reisig zusammen. Dann suchte es aus seinem Kleide Schwamm und Stein hervor und schlug Feuer und kniete hin vor das Reisig und blies es an – und wo aus rosigem Mündchen warmer Atemhauch wehet, da wird das Fünklein leicht zur lodernden Flamme.

Höllbart saß unter der Esche. »Siehe nun,« sagte er mit dem König David, »Jehova hat dich erwählet, ein Haus zu bauen zum Heiligtum.«

Seine Wange glühte.

Und als das Feuer nun brannte, da fing das Mädchen Fische aus der Lagel, bog jedem kunstgerecht den Kopf über, daß er sich nicht mehr rührte, weidete ihn am Wasser aus und legte ihn sorglich in die Glut. Hierauf kauerte es etwa fünf Minuten vor dem Feuer und schürte die Kohlen. Und bald kündete es die Fischerin mit heller, lustiger Stimme, das Essen sei fertig. Dann pflückte sie das Blatt eines Wasserampfers ab, legte mit zwei Fingerchen zierlich die Brätlinge darauf und überreichte sie so dem Manne, der unter der Esche saß.

Höllbart hatte in seinem Pfarrhofe selbst guten Tisch gepflogen; er hatte viel in Klöstern gegessen und in seiner Studentenzeit sogar mehrmals an der Bischofstafel des prachtliebenden und verschwenderischen Matthäus Lang gespeist. Gut war's gewesen, aber an ein solch köstliches Mahl konnte er sich nicht erinnern, als das heute war, am buschigen Ufer der Mürz.

»Was kann ich dir geben für dieses kostbare Tischmahl?« sagte Höllbart.

»Ist es Euch eines Gotteslohnes wert, so mag es mich freuen,« entgegnete das Mädchen. »Ich habe es Euch nicht gegeben. Das Wasser gehört meinem Oheim, der hat mich geschickt, daß ich fische. Morgen kommen geistliche Herren, da ist große Tafel. Aber die Herren haben die Fische im Wasser nicht gezählt, sowie die Ochsen und Schweine und das Geflügel im Hofe, denen sie sich im Speisesaale gerne gesellen. Die Fische hat Gott gezählt, und mit dem läßt's sich leicht handeln, der hat selber mit zwei Fischen und fünf Broten fünftausend hungerige Leute gespeist. Brot hab' ich keines – aber etwan mögt Ihr ein Schlücklein Wasser?« setzte sie rasch bei, als schäme sie sich, gleichwie der Pfarrer so naseweis von Gott geredet zu haben. Auch wollte sie nicht, daß der Fremde meine, sie habe ihm die Fische nur Gott zuliebe gebraten.

Nicht aus der Mürz schöpfte sie den Trunk, sondern aus einer kleinen Quelle, die unter Sträuchen heute noch murmelt. Während Höllbart trank, ruhte sein Blick im Antlitze seiner jungen Wirtin.

»Mein Kind,« sagte er hierauf, »das ist gut, daß du der Fischer bist, aber mich dünkt, es ist Mühe und Gefahr dabei. Warum schickt dein Oheim nicht einen Knecht zum Wasser?«

Da legte das Mädchen den Zeigefinger der rechten Hand auf den Zeigefinger der linken und sprach: »Erstens hat mein Oheim keinen Knecht. Jetzt geht alles, was nicht für die Gutsherren arbeiten muß, zu den Soldaten; und sonst auch, für so einen Dienst, wie bei uns, ist sicher keiner zu kriegen. Und zweitens, hätte mein Oheim auch einen Knecht, er schickte ihn nicht gerne mit der Angelschnur. So einer stiehlt von den Fischen die Halbscheid und vertut sie in der Schenke.«

Dem Wandersmanne tat die Ruhe wohl unter der Esche. Im dichten Laub flüsterte es auch so heimlich.

»Ihr kommt weit herum,« sagte ferner das Mädchen, »etwan wisset Ihr für uns einen Knecht, so saget es redlich.«

Höllbart spielte mit dem Blatte des Ampfer, er verfolgte die zahllosen Äderchen, sie alle kamen aus dem Herzpunkte und strebten dem Rande zu und der Rand war sehr schön gerundet und das Blatt war ein Ganzes für sich. Und doch war es tot und hub schon an zu welken, denn es war ja losgerissen von seinem Stamme. Aber das Welken des Blattes war schon wieder das Regen eines jungen Lebens, das übers Jahr in einer andern Gestalt im Gebüsche wuchert.

»Und wenn ich einen wüßte?« murmelte Höllbart in das Blatt hinein.

»Ja, dann müßte ich nicht mehr so schwere Arbeit tun und könnte in Küche und Garten taten.« So entgegnete die Fischerin.

Da erhob sich Höllbart und sagte: »Du gutes Kind, ich bin aus weiten Landen her. Ich hab' auch wollen zu den Soldaten gehen. Wenn ich aber das gleichwohl ließe und hinginge zu deinem Oheim und ihm sagte, ich wollte sein Knecht sein – meinst du, daß er mich nähme?«

»Euch nähme er,« versetzte das Mädchen rasch, aber alsogleich wurde es kleinlaut und flüsterte: »Wenn Ihr Euch gut anlaßt.«

Der Rauch des ersterbenden Feuers zog matt durch das Weidengesträuche. Höllbart und die junge Fischerin gingen dem Ufer entlang. Er wollte ihr die schwere Last tragen, aber sie gab es nicht zu; noch sei er nicht des Oheims Knecht.

Nach einer Stunde gingen sie in den Ort Krieglach ein.

Das war ein kleines, teilweise waldumfriedetes Dorf. Unter den wenigen Häusern und Hütten stand die aus alten Mauern neu erbaute Kirche, deren rötlichen Turm Höllbart vom Wartberge aus gesehen hatte. Hinter der Kirche, die mitsamt dem Gottesacker durch eine Holzbrüstung gefriedet war, stand ein burgähnliches Gebäude.

Diesem gingen sie zu und das Mädchen sagte: »Da bin ich daheim. Jetzt, wenn Ihr wollt, werd ich Euch zu meinem Oheim führen und ihm sagen, daß Ihr müd' und hungrig zu mir gekommen seid. Darauf mögt Ihr selber mit ihm reden.«

Und als sie vor dem Oheim standen, da wäre Höllbart am liebsten wieder davongegangen. Der Oheim war der Pfarrer des Ortes. Er war eine schwerfällige, eckige Gestalt und trug einen weiten Tatar. Er lud den Ankömmling nicht zum Sitzen ein. In herrischer und wohlwollender Weise zugleich unterhielt er sich mit ihm, und es wurde verhandelt.

»Du schaust brav und just nicht dumm aus,« sagte der Pfarrer, »wenn du willst und fleißig bist, so kannst es gut haben bei mir. Wo bist bislang gewesen?«

»Im Salzburgerland. Habe auch in einem Pfarrhof gedient,« entgegnete Höllbart.

»Brav!« sagte der Pfarrer, »so kannst du hübsch die Küsterei versehen?«

»Werd' es wohl können.«

»Weißt auch in Haus und Hof Bescheid?«

»Ich denke.«

»Und kannst bei Gastmählern dienen?«

Höllbart nickte bejahend.

»Gut, das schickt sich,« sagte der Pfarrer, sich zufrieden die Hände reibend. »Wir haben morgen Gäste, da magst gleich eine Probe ablegen, mit dem Liedlohn wirst du zufrieden sein.«

Als Höllbart an demselbigen Abend im Pfarrhof zur Ruhe gegangen war, tat ihm wohl das frische Bett gut, aber in seinem Herzen war kein Frieden.

Warum hatte er sich wieder unter Priester begeben? Da war für ihn doch am wenigsten Sicherheit. Warum war er abgewichen von seinem Plane und hatte sich verdungen in einen Dienst, den der erstbeste Bursche zu erfüllen imstande war? Warum? – Ja, das fragte er sich selbst. Er sann auf Antwort und fand sie nicht. Hätte er die

Antwort unter Himbeer- und Weidengebüschen gesucht und am Uferrande, wo die Fischer stehen ...

Freilich, lange genug ist er gewandert. Hier ist das Salzburger Bistum nicht mehr, hier ist er fremd, hier will er eine kurze Zeit bleiben und sich sammeln. – Dann mag die Reise ja wieder weiter gehen gegen Neustadt.

Den Weidenbüschen aber war sein Gedanke ausgewichen.

Höllbart hatte nicht gut geschlafen im guten Bett. Träume kommen nicht immer von Gott. Sie können auch vom Teufel sein, dachte er, als er am frühen Morgen erwachte.

Aber die Welt hat Gott erschaffen, das sah er an diesem Morgen wieder von neuem. Er sah das schöne, weite Tal, ringsum begrenzt von tiefschattigem Tann. Und aus den Waldschluchten rieselten klare Bäche und dieselben durchzogen die grünen Auen. Und unter hohen Eichen und Linden standen Menschenwohnungen. Hirten begleiteten ihre schellenden Herden auf die Weiden, und sie sangen dabei wortlose Lieder nach Älplerart oder bliesen die Schalmei; Roß und Wagen waren auch schon auf den Wegen und der Pflug durchschnitt das tauige Feld.

Des Pfarrers Nichte hieß Sanna. Sanna hüpfte schon im Garten umher, die war heute befreit von lästiger Männerarbeit. Der neue Knecht wußte es, daß seine Arbeit nun diesem Mädchen zugute kam, so ging er froh in seine Knechtschaft. Der Spaten und der Glockenstrick und der Kirchenbesen und die Axt harrten seiner Hand, die der Pilgerstab vorbereitend mit Schwielen bedacht hatte.

Des Pfarrers Haushälterin war gar keine unfreundliche Person. Sie hatte ihr schon ein wenig ins Graue spielendes Haupthaar sehr hübsch geordnet und trug eine schneeweiße Schürze. Sie kochte und schmorte und briet in der geräumigen Küche und nährte und beschäftigte zwei Feuer auf dem Herde – ein hell- und hochflammendes für das Kochen und ein stillglühendes für das Braten und Rösten. Fleischkammer und Backstube, Garten und Keller verbanden sich hier zum schönsten Verein, um dem Herrn zu dienen.

Sanna stand der Haushälterin in allem bei, und beide drückten dem neuen Knechte für die Abhilfe ihre Dankbarkeit aus, indem sie schon um zehn Uhr vormittags ein Tischchen deckten, um ihm darauf eine erkleckliche Probe ihres segensvollen Schaffens darzulegen.

Höllbart hatte seinen weiten Lodenmantel mit einer blauen Mesnerjacke vertauscht und hatte sich überhaupt durch Beihilfe Sannens zu einem Manne herausgeputzt, der sich vor den Herren im Speisesaale wohl sehen lassen konnte. Sanna wußte, dieser Mann war ihr Schützling; aber dem Knechte ging es heiß und kalt über den Rücken, so oft sich das schöne, heitere Mädchen mit ihm zu schaffen machte. Das wird so nicht gehen, sagte er zu sich, es wird vernünftiger sein, ich nehme morgen wieder meinen Wanderstab zur Hand. Dann war aber plötzlich wieder die Frage in ihm: Warum den Wanderstab? Siehst du sie gern und mag sie dich leiden, so bleib!

Der Speisesaal war bereitet, die Tafel war gedeckt. Höllbart rückte die hochlehnigen Ledersessel zurecht und gedachte im stillen der Zeit, in welcher er selbst genießend an vollen Tafeln gesessen.

Zur Mittagszeit fuhren Wagen an; Gäste stiegen aus. Andere kamen hoch zu Roß. Da waren der ehrwürdige Pfarrer von Kinperg, der geistliche Herr Ulrich von Hohenwang, der Pfarrer von Sankt Veit, von dem die Chronik berichtet, daß sein Bäuchlein der Bäuchlein letztes nicht gewesen. Es zogen an: der Abt von Neuperg und der hagere Benefiziant von Spital, der nach der Schrift einen gebogenen Blick hatte und zu jeglicher Zeit sonder Beschwerde um die Kirchenecke lugen konnte.

Es kam der Kapellan von Marein, dessen Haare nicht bloß der Herr gezählt, sondern auch der Mensch – es waren deren fünfzehn, nach anderer Rechnung siebzehn. Und es nahte der wohlbeleibte Bruder Franziskus von Bruck und der kurzweilige Herr von Stanz und andere Welt- und Ordenspriester. Sie wollten sich heute in dem Pfarrhause zu Krieglach versammeln, um über Fragen und Zeichen der Zeit ein Konzilium zu halten.

Es waren wirre Fragen und böse Zeichen. Vom Untergange her drohte das Luthertum, vom Aufgange drängte wieder der gräßliche Türke. Und im oberen Lande selbst wütete der Volksaufruhr. Da war guter und schneller Rat teuer – ja, fürs Geld gar nicht zu haben. Der Pfarrherr von Kinperg machte den Amtsbrüdern sofort den Vorschlag, sich alsogleich an den Beratungstisch zu setzen.

Allein der würdige Herr von Sankt Veit war der maßgebenden Ansicht, körperliche Stärkung täte zur Förderung eines weisen kräftigen Geistes vor allem not, und sei erst die Zunge gelöst durch ein erwärmend Tröpflein, so kämen die Worte des Rates und manch guter Gedanke schon selber hervor; er – der würdige Herr von Sankt Veit – sei überhaupt geneigt, die feurigen Zungen des heiligen Geistes, welche aus einfältigen Fischern weise Apostel gemacht, mit den Tropfen eines feurigen Weines als vergleichbar zu halten.

Gleichwohl sotane Erklärung der feurigen Zungen noch in keinem Kirchenvater vorgefunden worden, so entschied sich doch dafür sofort die Mehrzahl der Priester. Und die Herren gingen zur Tafel. Höllbart reichte die Teller mit der schmackhaften Krebssuppe; dann präsentierte er die Forellen, die in einem Kranze von Gewürzkräutern sinnig eingerahmt waren. Und die Fischlein taten noch ihre Augen auf, als wollten sie jemandem zublinzelnd an eine freundliche Fischerstunde erinnern. Es war gut, daß die geistlichen Herren bald in eine lebhafte Unterhaltung kamen, denn der neue Knecht war der Bedienten geschicktester nicht. Indes hielt er hübsch die Augen auf und den Mund zu, obwohl er in den herrschenden Gesprächen wohl mitzureden verstanden hätte.

Bis zum zweiten Braten mit Zwiebeln und Weinsauce gab der Türke Gesprächsstoff.

Kaum über zwanzig Jahre waren seit dem letzten fürchterlichen Einfall der Barbaren vergangen, und kaum hatten sich die Leute wieder Hütten gebaut auf den Ruinen, da ging es neuerdings von Mund zu Mund: der Türke rüste und sein jetziger Ansturm werde schrecklicher sein als alle früheren, und der Feind werde diesmal nicht eher weichen, als bis der Ostmark Söhne Blut bis auf den letzten Tropfen die Donau hinab in das türkische Meer werde geflossen sein.

»Und es muß so kommen!« sagte der Herr aus Spital. »Wo stehen Rebellen gegen die heilige Kirche auf als in den deutschen Landen? Wer schützt die Aufständigen und huldigt zuvörderst der neuen Lehre des Antichrist als die deutschen Fürsten? Ist unser Herzog ausgenommen?«

»Ja, ja!« stimmte der Pfarrer von Krieglach als Gastherr bei, »es wird noch böse Zeiten geben. Wir müssen auf eigenen Füßen stehen.«

»Jede kleinste antikirchliche Bewegung muß scharf geahndet werden,« sagte der Kapellan von Mareien und stemmte seine Faust auf den Tisch, »strenger als je müssen wir festhalten an der heiligen Sybille. Gott schütze seine Kirche.«

Ähnliches sagte der ehrwürdige Bruder Franziskus und die anderen.

Nur der Herr von Sankt Veit überließ vorläufig solche Angelegenheiten noch dem lieben, grundgütigen Gott. Seine Sorge war der feine, weißgescheuerte Lindenholzteller, so vor ihm stand und niemals genug haben wollte. Höllbart hatte mit dem Hirschbratengericht schon das dritte Mal davor mit Erfolg angehalten.

Bereits an die sechs Flaschen des edlen Weines aus dem Wendenlande waren zur Entkorkung gekommen, als die eine Frage entschieden war:

Wir halten fest – der Herr wird die Seinen schirmen!

Nun kam die Sprache auf jene wackeren Bauern im oberen Lande, die im Verbande mit den Truppen des Landeshauptmannes gegen die Lutherischen kämpften.

»So lange die heilige Kirche solche Streiter hat,« meinte der Spitaler und bog seinen Blick einer inhaltreichen Flasche zu, »so lange zittere ich vor keinem Soliman und vor keinem Martin Luther.« Da erhaschte er die Flasche.

»Allerdings, gegen Luther heißt es auf der Hut sein,« sagte der Pfarrer aus Kinperg, »gleichwohl wir jetzunder nichts von ihm hören; paßt auf, er spielt Versteckens. Plötzlich kann er kühner und mächtiger hervorbrechen. Sein Anhang ist groß.«

»Man sagt, daß der aus dem Gefängnis entsprungene Salzburger Pfarrer Höllbart sich auch zu ihm geschlagen habe,« bemerkte der von Marein, »die sitzen, weiß Gott, in welchem Winkel der Welt und brüten Pläne.«

»Der Höllbart!« rief der Herr aus Spital, »ei, der ist weg und hin wie des Juden Seel'. Was man auch schwatzen mag von seiner

Flucht; der ist lang' erwürgt, den hat der Teufel mit Haut und Haar.«

Auf dieses Wort lächelten einige ungläubig und tranken.

Der Diener war schon eine Weile bescheiden mit seiner Buttertorte hinter dem Sprechenden gestanden. Dieser nahm es endlich wahr, dachte, zu einem guten Trunk gehört ein guter Bissen, und nahm sich ein erklecklich Stück.

Der Kapellan von Marein fuhr mit seinem blauen Sacktuche über das Gesicht und weit, weit über seine freundliche Glatze zurück. Dann meinte er, die Zeiten seien schwer, er traue dem Höllbart oder vielmehr dem Teufel nicht; der Teufel hole keinen in die Höllen, den er auf Erden so gut brauchen könne.

In demselben Augenblick kam Höllbart mit seiner freilich schon arg zerrissenen Torte auch zum Herrn Kapellan.

Dieser nahm, und als er bemerkte, daß für den Augenblick die Haushälterin in der Nähe, lobte er die Küche.

»Der Höllbart, höre ich, wird steckbrieflich verfolgt,« sagte der Gastherr, »aber das allein tut's nicht; auf diesen Mann muß ein Preis gesetzt werden. Hundert Dukaten auf den Kopf des salzburgischen Luther! Was sagt ihr dazu?«

»Bravo!« riefen mehrere Stimmen.

»Die Summe ist aufzutreiben.«

»Vom Ablaßgeld nehmen!«

»Wie könnten Ablaßgelder besser verwendet werden als zur Verfolgung der Ketzer?«

»Als zum Preise für den Kopf dessen, der den Ablaß geschändet hat!«

»Hundert Dukaten für den Kopf des Höllbart!«

So schrieen sie durcheinander.

Höllbart stand am Geschirrkasten und ordnete die Erdbeerengefäße für den Nachtisch.

Am späten Nachmittag war's, als die geistlichen Herren auseinandergingen.

Der Abt von Neuperg saß selbstzufrieden in seinem Wagen und ließ die Rappen traben. »Wir halten fest,« summte er vor sich hin. Der Kutscher hörte es, und als er durch den Schlagbaum von Mürzzuschlag fuhr und ihn der Zöllner höflich an seine Pflicht erinnerte, rief er: »Wir halten fest,« und sprengte davon.

Der Herr von Spital saß auf seinem Schimmel, bog seinen Blick um jede Ecke und um jedes Gebüsch, und er vermeinte, er müsse den gräßlichen Höllbart irgendwo entdecken. Hundert Dukaten, wieviel sind das heilige Messen?

Der Pfarrer von Sankt Veit erwachte spät abends daheim in seiner Stube und zerbrach sich den Kopf, wie er doch nach Hause gekommen sein mochte.

Höllbart aber verlangte noch an demselben Abende von Sanna seinen Pilgermantel.

»Ihr geht wieder davon?« fragte das Mädchen leise; was sie noch beisetzen wollte, das behielt sie im Busen, wo es eine Weile wogte und brannte.

»Bin dahier nicht daheim,« murmelte der Knecht. Er hätte nur noch fragen mögen, wo Sanna daheim.

Wo Sanna daheim? Das war ja die Herzwehfrage des Mädchens selbst. Sanna wußte nicht, wo sie geboren war. Andere Leute wußten es auch nicht. Der Pfarrer war schon viele Jahre im Ort, er hatte die Haushälterin als Verwandte bei sich und mit ihr stets in Frieden gelebt. Da hatte die Haushälterin einmal von einer Reise ein kleines Kind mit heimgebracht. Sie war im Mährenlande bei ihren Angehörigen gewesen und hatte die Waise aus Barmherzigkeit aufgenommen. Das Mädchen wurde brav erzogen und nannte den Herrn Pfarrer stets ihren Oheim. So viel wußten die Leute im Ort, und so viel wußte auch Sanna. – Aber Sanna möchte doch einmal ihre Eltern sehen. – Mein Kind, die sind nicht mehr, sagte ihr die Haushälterin und blickte sie liebevoll an. – Aber Sanna möchte einmal auf der Grabstätte ihrer Eltern knien und beten. Wer weiß, wie gut sie gewesen waren und was sie gelitten. Doch wer soll sie führen? – Ei, kann ein Mann den Pilgerstab tragen und wandern, warum nicht auch ein frisches, starkes Mädchen? Will gar schon ein Knecht nicht verbleiben in der Fremde – warum das just eine brave Magd?

Aber die Zeit geht hin und verrückt die Pläne der Menschen, gleichwie ein Alpenstrom die Kieselsteine. Höllbart nahm sich an jedem Abende vor, am nächsten Morgen weiterzuziehen. Aber des Morgens entschloß er sich immer wieder, dem Mädchen noch einen Tag die Bürde der Arbeit zu tragen. Ohne die Geschäfte, die ihm oblagen, gelernt zu haben, wußte er sie doch zufriedenstellend zu verrichten. Freilich, rauhere Handarbeiten gingen dem »Mathes« nicht sonderlich von statten, aber zurecht kam er mit ihnen doch. Dabei war ihm zuweilen ein wenig wirr. Er suchte gerne des Mädchens Nähe, wich ihr aber immer wieder aus. Sein früheres Leben war ihm wie in einen Abgrund versunken. Er hatte oft den letzten Knecht in der Bauernhütte um seine Sorglosigkeit und Einfalt und um seine Liebesfreudigkeit beneidet. Nun war er selbst der Knecht ...

Der Pfarrer war mit dem Manne mehr als zufrieden. Diese Gewissenhaftigkeit und Emsigkeit und Anspruchslosigkeit war ihm unter Dienstboten noch nicht vorgekommen. Es ging nicht lange hin, so behauptete der Pfarrer, der Mathes sei wahrhaftig für was Besseres geboren, als für Hof und Stall. Und zur Messe läuten und Hostien backen, das könne jeder Nachbarsbub. Im Pfarrhause gab es allerlei Schreibereien, und die Buchführung über Zehent, Kirchenstiftungen, Einsammlungen u.s.f. war so einfach nicht. Dazu war denn Mathes prächtig zu verwenden.

Eines Tages langte in die Pfarrkanzlei der Steckbrief ein nach dem entsprungenen salzburgischen Pfarrer Matthäus Hellbert, genannt der Höllbart. Das Schriftstück machte viel Arbeit; Mathes saß tagelang an dem Schreibpult und nahm von dem Steckbrief unzählige Abschriften. Er tat es getrost und mit heimlichem Humor, die Beschreibung paßte lange nicht mehr auf sein Aussehen. Die beschwerliche Reise hatte sein Antlitz verwildert; die knechtlichen Arbeiten und die Kleidung, in der er nun stak, und die Güte und Gelassenheit, oft fast an Einfalt grenzend, ließen in Mathes nichts weniger vermuten als den entsprungenen Lutherpriester, den bereits im ganzen Lande berüchtigten »Höllbart«.

Getrost schrieb Höllbart auf jedes Schriftstück die von der glaubenseifrigen Priesterschaft des Mürztales aufgelegten Zeilen:»Jedermann, sei er wer immer, so er den Höllbart lebendig oder tot einer hochw. geistlichen Behörde überbringt, soll mit hundert Dukaten in Gold belohnt werden.«

Der Pfarrer blickte wohlgefällig über die Achsel des emsigen Schreibers, klopfte demselben auf die Schulter und sagte:»So, mein lieber Mathes, und nun sieh zu, daß du dir selber die hundert Goldfüchse gewinnst!«

Höllbart hob über dieses Wort ein wenig rasch den Kopf.

»Hernach kannst du heiraten,« – setzte der Pfarrer launig bei, »wer weiß, ob nicht eine im Ort ist!«

Da lugte der Knecht. – Merkt er etwas? Weiß er etwas? – Zur selben Stunde keimte unserem Freunde das erste Blatt der Hoffnung.

Als hierauf der Sonntag kam, wurde der Steckbrief an die Kirchentüre geschlagen. Des Pfarrers Knecht tat dies und gedachte dabei der fünfundneunzig Thesen, die wenige Jahre früher Luther an das Kirchentor zu Wittenberg geheftet.

In der Gemeinde aber waren doch nur wenige, die zu lesen verstanden, und so mußte Mathes auf das Geheiß des Pfarrers die Schrift auf öffentlichem Platze vortragen.

Wie sich da die Leute zu ihm herandrängten! Da war ja vom Antichrist die Rede, der losgeworden, durch die Welt zieht, wie ein brüllender Löwe, zu sehen, wen er verschlinge. Vielen graute vor diesem Höllbart und sie trachteten dem Weihwasserbecken an der Kirche in die Nähe zu kommen. Andere zeigten viel Mut und ballten die Fäuste und knirschten:»Ha, soll nur kommen, der Höllbart; das wäre ein Fressen! Lebendig in die Erde müßt' man ihn vergraben! – Oho, der ging auf wie das Unkraut und brächt' hundertfältige Frucht. Lebendig in die freie Luft muß man ihn hängen, auf daß die Vögel des Himmels ihn verzehren. – Die Vögel sind unschuldig. Ins Wasser mit ihm! – Ha, daß er die Mürz und alle Brunnen tät vergiften! Den Höllenbraten muß man verbrennen!«

Es war eine Erregung in der Menge, als wollten sie schon den Scheiterhaufen schichten.

Unseren Höllbart faßte ein Grauen. – Fliehe, du Tollkühner, rief in ihm eine warnende Stimme.

An der Türe des Pfarrhauses stand Sanna und kicherte.

»Du bist heiter!« sagte ihr Mathes im Vorübergehen. »Ja, über dich lach' ich,« rief sie dem Knechte zu, »bist ja selber der ganze Höllbart gewesen, wie du im großen Mantel mit dem langen Stecken bei der Mürz unten daher bist gekommen!«

Der Knecht antwortete nicht. Er hastete durch den Hof seiner Kammer zu. Dort sank er auf eine Bank, bedeckte das Gesicht mit beiden Händen und murmelte: »Matthäus Höllbart, jetzt ist es zu spät!«

Den ganzen Rest des Tages verbrachte er in der Kammer. Er wunderte sich, daß sie nicht kamen in Haufen und ihn gefangen nahmen und ihn totschlugen.

Gegen Abend ging leise die Tür auf. Sanna schlich daher und fragte unsicheren Tones, ob Mathes denn krank sei, daß er heute zum Essen nicht erscheine.

Höllbart antwortete ausweichend und mied ihren Blick.

Da wendete Sanna das Köpfchen hin und her und lugte und fuhr sich mit der flachen Hand über die Augen und hauchte endlich: »Um Gottes willen, wenn es dennoch wahr wär'!«

Er sagte kein Wort.

»So tu' den Mund auf, Mathes!« rief sie völlig krampfhaft. »Den ganzen Tag hab' ich heut' keine Ruh' mehr. Ich kann mir nicht helfen, bei Gott im Himmel, und ich konnt's doch nicht glauben um all mein Leben und Sterben. So närrisch bin ich, und weil Ihr mir heut' so davongelaufen seid, wie ich die unbesinnt Red' getan. Und weil Ihr nicht ins Haus kommt, und weil Ihr mich jetzt nimmer mögt anschauen, 's ist eine kindische Mär', aber sie hat mir den Kopf verrückt ganz und gar und ich bild' mir's ein, Ihr wäret der Höllbart mit Leib und Seele!«

Lauernd fast harrte das Mädchen auf Antwort – und wenn's ein toller Lacher wäre, ein derbes Scheltwort auf ihre Narrheit, sie wollte hellauf jauchzen.

Aber der Knecht richtete sich langsam auf. »Gut,« sagte er, »wenn es denn so sein muß – auf diese Weise bin ich einverstanden. Du, Sanna, bist ein armes, braves Mädchen. Du wirst leicht einen braven Genossen finden. Ihr werdet euch davon ein Heim bauen, und des – ich bitte dich – des mach' dir kein Herzleid, das Geld ist redlich verdient. Und bin ich es zu tausendmal zufrieden, daß hier eine große Guttat geschehen kann. Und jetzt, Sanna, führe mich zu deinem Oheim. Ich bin der Pfarrer Höllbart.«

Da hatte Sanna keine Sprache und keinen Atem. Der Türe wollte sie zueilen, aber ihre Füße wollten sie nicht tragen, die beiden Hände preßte sie an ihren Busen. Sie wankte und sank dem Manne an die Brust.

Und der Knecht war im Pfarrhofe verblieben. Niemand ahnte, wer er war; jeder hatte ihn lieb.

Und es ist kein Märchen: Die Liebe ist stark und treu. Und das Geheimnis lag mit sieben Riegeln verschlossen im Herzen, wo die Liebe wohnte. Das Mädchen hätte diesen Mann fürder *still* in der Seele getragen, aber sein Geständnis hatte ihre stille Glut geweckt zur hellen Flamme. Sie hatte nun das große Geheimnis mit ihm zu tragen, ihr war anheimgegeben vielleicht sein Leben und Sterben. Das gab ihr das Recht, sich an sein Herz zu klammern, daß sie es schütze als ihr eigen Gut und nimmer verlasse.

Darüber ging die Sonne auf und nieder, sie schien den Liebenden in das Herz hinein; aber in die Geheimnisse ihres Urgrundes ist kein Sonnen- und Menschenblick gedrungen.

Kaum ein Jahr vergangen, war Mathes der Liebling der Gemeinde. Der Kirchendiener wird im Dorfe sonst gerne geneckt, weil er gewöhnlich der Einfältigste und Gutmütigste ist. Unser Mathes hat das nicht erfahren. Seine Andacht in der Kirche war keine erheuchelte, er diente dem Altar mit Geschick und Liebe, und sein Benehmen in der Kirche war mindestens so erbaulich, als das des Herrn Pfarrers.

Wenn der Mathes zuweilen über Land war, so hatte der Pfarrhof eine arge Lücke. Und zur Sommerszeit war der Mathes oft über Land. Er zog mit mehreren Bauernknechten von einem Hof zum andern, um für das Pfarramt den Zehent einzutreiben. Er tat das stets verläßlich und gewissenhaft; nur ein einzigmal hatte er Mißgeschick.

Auf der mittagsseitigen Au, dort, wo sich der Fresenbach aus den Bergwäldern windet, stand der reiche Rainhof. Nicht gar weit davon ab lag das Häuschen des armen Gaberfranz, dessen Besitzer vor lauter Robot und Abgabenpflicht mit Weib und Kind schier zum Verhungern kam. In der Getreidekammer des reichen Rainhofer lud nun der Mathes eines Tages recht brav auf, denn der Bauer gab dem Pfarrer nach Herkommen gern,»auf daß für die Zukunft der Segen sich mehre«. Aber leichten Ganges und leeren Sackes kam der Mathes in den Pfarrhof. Just neben der Gaberkeusche, wie er über den Steg der Fresen gegangen, habe sich das Sackband gelöst, sei das ganze Korn in den Bach gefahren.

»Gott besegne es den Fischen!« sagte der Pfarrer.

»Und dem Gaberfranz!« setzte der Knecht im Gedanken bei. Freilich hatte sich bei der Gaberkeusche das Sackband gelöst, und der Häusler und die Seinen haben in dem darauffolgenden Winter nicht viel Hunger gelitten.

Sanna konnte seit dem Tage, da sich der Mathes ihr geoffenbart hatte, nicht mehr heiter sein. Ihre Liebe zu dem kühnen Mann mit dem abenteuerlichen Geschick war zu höchst gewachsen, allein sie zitterte stetig vor der Gefahr, die ihn umgab.

Es gingen Gerüchte um, der Höllbart sei in der Gegend, er wohne nicht in den Höhlen, sondern inmitten christlicher Leute und treibe argen Unfug mit den Seelen der Kranken und Verstorbenen. Der Höllbart verstehe sich unsichtbar zu machen.

Wie bangte da das arme Mädchen! Allein Mathes wußte sie zu trösten.»Siehe, der Leute Aberglauben ist meine Tarnkappe; solange sie den Höllbart für unsichtbar halten, werden sie ihn unter den

Sichtbaren nicht suchen, werden außer Beschwörungsformeln etwa keine Mittel gebrauchen, seiner habhaft zu werden.«

»Aber die Verschwörungen!« versetzte Susanna angstvoll.

»Sind der Weihe eines Priesters nicht gefährlich,« lächelte Mathes, um sie zu beruhigen.

Er war kühn und schlau geworden. Wohl lange schon wußte er es nun, daß er durch das Mädchen an diese Gegend, an diesen Ort gefesselt war. Mit seiner Liebe war seine Zuversicht gewachsen. Alles vergaß er über dem einen Streben, mit dem Mädchen vereinigt zu werden.

Sein weiteres Geschick überließ er im Vertrauen seiner ferneren Tatkraft und seinem Gotte, den er im Gemüte menschlich verehrte.

»Der Kirche Satzungen sind nicht mehr die meinen,« sagte er einmal,»und vor dir, o Gott, hoffe ich zu bestehen. Und kann dein Priestertum mit menschlich Fleisch und Blut nicht vereinigt sein ...«

»So laß deine Engel studieren und geistlich werden,« rief das Mädchen dazwischen.»Und es wär' leicht eine großmächtige Sünd' vom lieben Herrgott selber, wollt' er einen so guten und sauberen Mann hängen zwischen Himmel und Erden, daß ihn die heiligen Engelein nicht möchten derlangen und unsereins auch nicht.«

Die Päpste können lateinisch, aber keiner von allen hat jemals die Weisheit ausgesprochen, die in diesen einfältigen Worten lag. Es hat zu Lohn auch ein Küßchen gesetzt.

Und eines Tages steht Höllbart vor dem Pfarrer und hält in guter alter Form um das Mädchen an.

Der Pfarrer lächelte, schüttelte ihm die Hand, des weiteren sagte er nicht ja und nicht nein.

Der Pfarrer und seine Haushälterin hatten längst schon Beobachtungen und Verabredungen gepflogen. Sie hatten ihre Nichte getreulich lieb und bauten hinter ihrem Rücken an ihrem Glücke. An der Morgenseite des Dorfes hatte sich der Pfarrer ein kleines Pirschhaus erworben. Das ließ er erweitern, denn ein Haus, das heute für Mann und Weib groß genug, ist morgen für Mann und Weib zu klein.

Der Mathes bekam die Sanna und das Pirschhaus. Und des Pfarrers Haushälterin buk Freudentränen in den Verlobungskuchen.

––––––––

Am Vorabende der Trauung arbeiteten Bauernburschen an und in der Kirche und schmückten sie mit Tannenkränzen. Jeder von den Jungen wußte Eine, die er freien wollte, hätte er nur erst die hundert Dukaten. Sie verabredeten eine große Verschwörung, um den Höllbart aufzugreifen; und der Mathes, der habe es allfort in der Kirche mit heiligen Dingen zu tun, der könne leichtlich ein wenig zaubern – der müsse ihnen helfen, den Unhold zu fangen.

Mathes stand an dem Abende desselben Tages hinter dem Pirschhause auf dem Hügel und pflanzte ein Lindenstämmchen. Nicht etwa an eine lustige Kinderschar dachte er, die sich dereinst unter diesem Baume ergötzen sollte; es war ihm heute anders zu Mute. Es war ihm, als müsse er für kühlende Schatten sorgen – kämen etwa heiße Tage.

Während er die Linde tief in den Erdboden senkte, kam der Gaberfranz des Weges gehastet. Der hatte die Neuigkeit, auf dem Wartberg sei der Höllbart gesehen worden. Der trüge ein priesterliches Kleid und Fußsohlen wie die Apostel. Auch trüge er einen langen Stab mit einem Kreuze und rufe Gottes Namen an. Das sei Teufelstrug, und die Leute hätten sich schon versammelt, um nach ihm auszuziehen.

»Ei, lasset die alte Mär,« versetzte der Mathes, »der Höllbart soll begraben sein.«

Er schürte Erde an das Bäumchen, er schürte mit Hast, als wollte er damit wahrhaftig eine böse Erinnerung begraben. Aber im Erdreiche liegt ein Lebendiges – Unsterbliches.

Der andere Morgen ist ein reiner, taufrischer Sommertag gewesen. Eine große Menschenmenge kommt heran in hochzeitlicher Kleidung und Stimmung. Der Pfarrer läßt das Brautpaar vor der Trauung noch in seine Stube kommen und gibt ihm den väterlichen Segen.

Dem Mathes bebt das Herz. Dieses Herz mag treu und wahr sein, aber es steckt in einem Betrüger, der das gastliche Haus um sein bestes Gut bestiehlt. So war ihm, und er wollte zu dieser Stunde alles bekennen. Da er ja herabgetreten ist von den Stufen des Altars und zurückgekehrt in den Frieden des Hauses ohne Arg und Übelwollen, so wird ihn der priesterliche Freund nicht verdammen.

Aber die Braut hebt angstvoll ihren feuchten Blick, still bittend, er möchte den Mund wohl hüten, daß sich nicht alles zum Übel wende.

Die Leute richten ihre Augen auf das schöne Brautpaar. Der Mathes trägt einen dunkelfarbigen Rock, der weit über die Knie reicht und schier talarartig die hohe, wohlgeformte Gestalt umwallt. Die weiße Binde um den Hals ist völlig zu sehen wie ein Kollare, und das schöne, lockenreiche Antlitz mit der hohen Stirne, den stillberedten Lippen, mit den ernsten Zügen und dem milden Blick ist noch nie so aufgefallen als zu dieser Stunde. Man könnte den Bräutigam für einen Priester halten, prangte nicht an seiner Brust das immergrüne Sträußchen des Rosmarins.

Die Braut hat ein schneeweißes Kleid an und trägt ein hellgrünes Kränzlein im wallenden Haar, und auf dem Kränzchen liegt noch der Tau und auf den Wangen glüht es wie Widerschein des Morgenrotes, und durch die langen Augenwimpern wehen die Schatten der Nacht und schimmert das Lächeln des Tages. Und das Knospenpaar der Lippen zittert und die himmlische Zier der Jungfräulichkeit ist ausgegossen über das demutsvolle, liebliche Wesen.

So ziehen sie unter Musik und Glockenklingen zur Kirche ein.

Durch die schmalen, hohen Fenster wallt der Schein der Sonne in das Dunkel des Gotteshauses; auf den Stufen des Altars, auf denen das Brautpaar knieen wird, liegt ihr goldiger Teppich. Weihrauch wallt zu den Bildnissen des Altares auf und verschleiert mild die Kerzenflammen. Feierlich hebt die Orgel an zu tönen.

Dieser Klang weckt in Höllbart Erinnerungen an vergangene Zeiten. Einst stand er am Altare, ein minderjähriger Jüngling. Die Eltern knieten im nahen Wandstuhl und weinten vor Freuden. Dem Jüngling zunächst kreiste eine Priesterschar in glänzendem Ornate; sie stellte sich zwischen Kind und Eltern, zwischen den jungen Mann und die Gemeinde, mit der er in Freud' und Leid war herangewachsen. Er war eines Pflugschmiedes und Pflügers Sohn, er verstand zu ackern und zu ernten. Aber einen Gesalbten Gottes in der Verwandtschaft zu haben, das war seines Geschlechtes höchster Stolz. So war Matthäus zum Priester geweiht worden.

Damals strahlte auch die Sonne nieder von den hohen Fenstern der Klosterkirche und die Weihrauchwolken vermochten ihre Strahlen nicht zu ersticken. Damals war auch Orgelklang und der Prälat sagte:»Sei vermählt mit der heiligen Kirche für ewige Zeiten!«

Heute anders. Der Pfarrer tritt aus der Türe der Sakristei. Er spricht mit bewegter Stimme von der Bedeutung, den Pflichten und Segnungen der Ehe und vermählt seine Nichte mit dem braven Mathes.

Dann kniet er hin und betet ein Vaterunser und alle Anwesenden beteten laut und gehoben mit. Höllbart ist glückselig vom Herzen. Jetzt ist der Bann gelöst; jetzt gehört er wieder den Menschen an, und die ganze Gemeinde betet für ihn und sein Weib.

Singend und jauchzend nach alter Weise bewegt sich der Hochzeitszug aus der Kirche. Aber ehe er noch dem Pfarrhofe naht, entsteht eine Verwirrung. Leute mit erregten Gebärden rennen durch den Ort: Der Höllbart sei gefangen! Man schleppe den Antichrist eben heran, man werde ihn auf dem Kirchplatze steinigen!

Eine wildjohlende Rotte zieht durch das Dorf. »Da ist er, der Ketzer!« schreit alles. »Hei, ho, Höllbart! Glück auf zur Höllfahrt!« Ein Pfäfflein zerren sie heran in Staub und Kot. Einige bücken sich nach Steinen, andere reißen Latten von den Zäunen.

Erblassend hatte Sanna ihren jungen Gatten krampfhaft fest am Arme gehalten; aber der Mathes befreit sich fast mit Gewalt und mit dem Hochzeitssträuße noch geschmückt eilt er der Rotte zu und ruft: »Haltet ein! Er ist unschuldig, er ist der Höllbart nicht!«

Die Menge hört nicht auf den Ruf; sie stößt und schleift ihren Gefangenen und traktiert ihn arg mit Stößen und Schlägen, und alles flucht und mancher streckt seine langen, hageren Finger aus, in denen die Würgelust zuckt.

Das Pfäfflein bebt und wimmert um Erbarmen. »Wehe euch!« schnauft es, »die ihr die Diener des Herrn steiniget! Große Trübsal wird über euch kommen! Durch das Schwert werdet ihr sterben! Kein Stein wird bleiben von eueren Häusern! Der Fluch komme über euch und euere Kinder! Aber lasset mich, ich bin kein falscher Prophet! Verschonet mich, ich bring' euch Ablaß – Ablaß vom heiligen Vater! O, verflucht sollt ihr sein, bin ich ein falscher Prophet!«

Der Ablaßkrämer aus dem Ennstale ist's. Höllbart erkennt seinen Feind und Verfolger, aber ist es, daß er seinen Namen durch ein solches Wesen nicht wollte vertreten lassen, oder ist es vielmehr aus

Barmherzigkeit, aus Gerechtigkeitssinn, noch lauter ruft er:»Leute, bei meiner Seele schwöre ich es, das ist nicht der Höllbart!«

Da ist die Rotte einen Augenblick verblüfft; und der Mönch richtet sich halb auf und reibt sich den Sand aus den Augen und starrt dem bräutlichen Manne in das Antlitz. Alsogleich ist er gefaßt. – »Hi, hi,« kichert er,»dich kenne ich, meine Augen betrügen mich nicht. Du bist es.« Dann springt der Mönch auf und schreit in die Menge hinein:»Was martert ihr einen unschuldigen Priester? Der Ketzerpfarrer aus dem Salzburger Lande steht mitten unter euch da!« Er kreischt mit wahnwitziger Gebärde und weist mit ausgestreckten Armen nach Mathes dem Küster:» *Da steht der Höllbart!*«...

Die Wirrnis ist nicht zu schildern. Höllbart stand blaß und reglos unter der Menschenmasse und Sanna lag niedergebrochen zu seinen Füßen.

Da drängte der Gaberfranz herbei und grub sich mit seinem spitzigen Ellbogen eine Gasse durch die Menge, und den letzten Ellbogenstoß noch dem Mönchlein zuschanzend, rief er:»Du gottvernagelter Pfaff, hast zu viel gesoffen, und weißt nicht, was du sagst! Oder bist gar ein dreifältiger Narr oder ein schandschlechter Kerl über und über, daß du unseren braven Mathes an seinem Ehrentag so willst verlottern!«

»Mag wohl sein, daß der Mann getrunken,« sagte der ebenfalls herbeigeeilte Pfarrer und nahm schützend das hochzeitliche Paar mit sich fort.

»O, deine Stunde hat doch geschlagen,« schrie der Mönch,»ich komme nach!«

Aber es gelang ihm nicht sogleich, sich von dem Pöbel zu befreien, und er war übel zugerichtet, als er endlich gegen den Pfarrhof wankte.

Geifernd trat er in des Pfarrers Stube ein:»Ihr selbst schützet den Bösewicht? Wollt Ihr auch exkommuniziert sein, Pfarrer? Glauben wollt Ihr's nicht?« Dann hub Pater Jonas an, Schriften und Beweise auszukramen; so triftige Beweise, daß dem Pfarrei die Knie zu schlottern begannen.

»Nein!« rief der Pfarrer, das taugt alles nichts, trifft nicht zu. Ich werde nun meinen Knecht rufen. Paßt auf, Pater, Ihr werdet zu Schanden!

Und als der Pfarrer den Knecht rufen wollte, da war der Knecht nicht zu finden und war Sanna nicht zu finden.

Aus Rand und Band war die Gemeinde zu Krieglach. Im Pfarrhause wütete Verzweiflung. Wer konnte es fassen und glauben! Der gute, brave und bescheidene Mathes sollte der aus Mittersill entsprungene Sträfling sein? Aber der Beweise bester dafür war Mathes' Flucht.

Zuerst baten sie den verkannten Ablaßapostel kniefällig um Verzeihung für die Unbilden, die ihm waren zugefügt worden. Allein seine Erscheinung habe so glatt mit des Gottlosen Steckbrief übereingestimmt, und man wisse eigentlich nicht, wer zuerst das Wort Höllbart auf den wandernden Priester geschleudert habe.

Pater Jonas verzieh diesmal gerne, und über den Aufruf zur Verfolgung des Flüchtigen vergaß er seine blauen Flecken.

Mit Knütteln und Äxten und Sensen waren sie hierauf ausgezogen, um den Höllbart zu suchen. Der Pfarrer des Ortes verschloß sich dreifach und ging in seiner Stube auf und ab und wollte zuweilen mit dem Kopf an die Wand fahren.

So hatte dieser berüchtigte Mensch bei ihm ein Jahr und länger gedient und hatte des Hauses Geheimnisse erfahren und hatte die Kirche geschändet. Und nicht genug das – hatte des Pfarrers – Nichte gefreit. O, diese Schmach fällt nimmer ab, die beschimpft für ewige Zeiten den Ort, und der Pfarrer ist unrettbar verloren.

Dann wieder brach sein Herz los: »Nein, Mathes, es ist doch alles nicht wahr! Du kannst das mir und dem guten Mädchen nicht antun. Aber, so komm herbei, Mathes, und verteidige dich und trete diesen elenden Lästerer in den Staub!«

Allein Mathes kam nicht, und sein Weib kam nicht. Nach Stunden und teils nach Tagen kehrten die Verfolger blaß und kleinlaut und mit leeren Händen zurück.

Wieder kamen die geistlichen Herren von Kinperg und Bruck und Sankt Veit und Neuperg und Hohenwang zusammen, um über den neuerdings entsprungenen Höllbart zu beraten. Nur der Pfarrer von Krieglach fand sich nicht ein. Hingegen war stets der hagere Benefiziant von Spital da, aber mitsamt seinem gebogenen Blick vermochte er den Ketzer nicht und nirgends zu entdecken.

Pater Jonas, der wegen Ablaßangelegenheiten in die Gegend gekommen war, hatte nun das Wichtigste zu tun; er mußte die Beratung leiten.

Neuerdings wurde der Steckbrief ausgesandt und das Blutgeld auf zweihundert Dukaten erhöht. – Eine Bußzeit ist angeordnet für die ganze Gegend, und wer den Höllbart einbringt, dem ist für sich und seine ganze Blutsverwandtschaft der Seelen ewiges Heil gesichert.

»Aber dieser Mathes kann ja doch gottswahrhaftig nicht gefährlich sein,« sagte der geistliche Herr Ulrich von Hohenwang, »so laßt ihn laufen. Er hat keine Macht, ist ein Taglöhner. So schlecht steht es nicht mit unserer Sache, daß ihr ein Taglöhner schaden könnte. So laßt ihn zufrieden!«

Beschimpft wurde der Hohenwanger für dieses Wort. »Hüte dich, Bruder!« rief Pater Jonas drohend, »prüfe dich, ob du nicht selber schon bist angesteckt von diesem Gottverlornen! Im verborgenen wird er wirken. Der Martin Luther lebt, weiß der Satan, in welcher Mörderhöhle verkrochen, und dennoch speit er sein höllisch Gift hinaus in alle Welt. Sei wachsam, Bruder, du kennst nicht die Zeit!«

Im Orte Krieglach wollte sich die Erregung nicht legen. Die Kirche mußte neu geweiht werden, in welcher dieser Höllbart als Küster gespukt hatte. Ein altes Weiblein sagte, es werde sich nicht betrogen haben, es habe auf dem Haupte des Mesners mehrmals zwei Hörner gesehen.

»So lang' er in unserem Gebirg' da herinnen ist,« meinte ein Bauer, »so lang' werden wir böse Zeiten haben: Mißjahre, Krankheiten, Krieg, Räuberwesen und Feuersbrünste. Ihr werdet auf mein Wort noch denken!«

Ein alter Mann wurde fast irrsinnig, er hätte mit dem Höllbart gegessen und getrunken und auf Bruderschaft angestoßen. Bei den

Kindstaufen hätte der Höllbart das Wasserbecken gehalten, bei den Begräbnissen hätte der Höllbart das Rauchfaß geschwungen; – ja, da wäre alles vorbei. Der Ortsschuster ließ sein Knäblein ein zweites Mal taufen; bei der ersten Taufe war der Höllbart Pate gestanden.

In den Wäldern hub wirklich das Räuberwesen wieder mächtig an zu spuken; von neuem Türkendrange erhoben sich die Sagen lauter und lauter. Seht ihr! Seht ihr!

Der Gaberfranz irrte verwirrt und verzagt umher; er ging nicht mehr zur Beicht', er ging nicht mehr in die Kirche. Er dachte also: Ist der Mathes nicht der Höllbart gewesen, so ist alles Pfaffengeschwätz erstunken und erlogen. Und ist Mathes der Höllbart gewesen, so kann mir kein Pfaff' und kein Herrgott mehr helfen.

<hr />

So kann nach einer guten Tat das böse Gewissen erwachen. Der Gaberfranz war dem jungen Ehepaare auf seiner Flucht beigestanden. Unter einem Lodenmantel hatte Höllbart das Haus des Gaberfranz erreicht; dort fand sich auch Sanna ein, und sie hielten sich in der Keusche verborgen, zwei Tage und zwei Nächte, bis zur günstigen Stunde. Und als diese kam und der Franz – als Gegendienst für das gelöste Band am Kornsack – die einschlägigen Dinge ausgekundschaftet hatte, flohen sie gegen Sonnenaufgang in die Wälder.

An einem steilen Hange des Gölk, in einer Felsnische, saßen Höllbart und Sanna. Hier in diesem wildzerrissenen Gestein hatten sie die ersten ungestörten Stunden ihrer Vereinigung zugebracht.

Traurigen Blickes sahen sie nun über die Wipfel des Waldes hinab in das schöne morgendliche Tal. Dort zog der flimmernde Faden der Mürz, an deren Ufern sie sich einst gefunden hatten. Dort ragte der hohe Bau der Kirche von Krieglach, um den sich die Häuser des Ortes schmiegten, »wie sich unter den Flügeln der Henne die Küchlein versammeln«. Wie sieht sich so eine Menschenstätte von ferne friedlich und heimatlich an! Wer sich aber in der Nähe davon überzeugen will – es ist doch zumeist ein Wespennest.

Nicht doch, ein Bienenschwarm, stets fleißig Honig sammelnd und Zellen bauend, sich gegenseitig schützend, aber Eindringlinge bekriegend.

»Sanna,« sagte Höllbart, »steige du wieder hinab zu deiner Heimstatt. Und mich laß ziehen. Du weißt es, die heutige Nacht ist unwirtlich und rauh gewesen. Aber das ist noch kein Hochwald, und ein Hochwald ist noch kein Urwald. Ich aber muß in die tiefsten Wildnisse fliehen, bin nur sicher, wo kein menschlich' Gedeihen ist. Erst in Feindesland bin ich geborgen; Sanna, kette dein junges Leben nicht an einen Geächteten; bleib daheim. Ich werde dein sein bis zu meinem Versterben, ist es, daß ich in den Wüsten umkomme oder auf dem Schlachtfelde falle. Du hast die Liebe erfüllt, ohne dich hätt' ich diesen Tag nimmer gesehen. Die Horden hätten mich längst zerfleischt. Sanna, ich danke dir. Gehe nun, und will uns ein Gott wohl, so sehen wir uns wieder.«

Das junge Weib klammerte sich an des Gatten Brust, schluchzte und lachte und rief aus: »Mein Mathes!« Dann sagte sie leise die Worte: »Noch sind nicht drei Tage vorbei, seitdem wir uns Treue bis zum Tod haben geschworen. Und jetzt redest du mir so!«

Da hat er jauchzend sein Weib umfaßt. Beide wandelten hin an den Lehnen und über die Höhen der Berge.

Der Wald wurde dichter, das Gebirge wilder. Am zweiten Tage ihrer Wanderung irrten sie durch Wildnisse, in welchen der Hirsch und der Eber nicht mehr vor menschlichen Schritten fliehen wollten.

Gar erschöpft und mutlos gingen sie eines Abends nach einem Gewitter dem Scheine eines Feuers zu, der zwischen Gebüsch und dichten Stämmen durchleuchtete. Da standen sie vor einer lichterloh brennenden Föhre, in die der Blitz geschlagen haben mochte. Das Feuer wogte und prasselte fast schauerlich in diesen stillen Öden des Urwaldes, und manche brennende Moosfahne stieg empor zum nächtlichen Himmel. So oft ein Ast zu Boden stürzte, wogte ein Funkenstrom durch das finstere Gezweige der umstehenden Tannen; tiefrot wie glühende Eisenstangen waren die wuchtigen Stämme gerötet.

Als die Föhre nach einer Weile zusammengebrochen war, lagerten sich unsere Flüchtlinge um die glühenden Brände; sie wärmten sich und Sanna briet gesammelte Schwämme an der Glut. Sie genossen das arme Mahl und dachten dabei an einen lieblichen Tag, da sie, auch am Feuer sitzend, aus der Glut ihren Imbiß hatten gezogen.

»Sanna,« sagte Höllbart plötzlich, »der heutige Tag ist glücklicher als jener. Heute haben wir uns zu eigen. Daß uns ein Häuflein Menschen übel will, was liegt daran, wir sind aus ihrem Bereiche. Ein Liebeleben in weiter herrlicher Gotteswelt und ein gutes Gewissen! – Die ersten Menschen im Paradiese haben es auch nicht besser gehabt.«

»Verschrei die gute Stunde nicht!« rief Sanna und hielt ihm die Hand auf den Mund.

Auf weichem Moose, unter dem Astgewebe einer Fichte haben sie zur selbigen Nacht in süßem Liebesfrieden geruht.

Aber zur frühen Morgenstunde wurden sie herb geweckt.

Höllbart erschrak. Ein paar Dutzend derbwilde, wetterrauhe Gesellen standen da, und sie erhoben ein brüllendes Lachen, als sich das Paar entsetzt vom Boden erhob.

Diese Gesellen waren gewiß auch Menschen, aber sie hatten Pfoten wie die Bären und Bärte wie Löwenmähnen, doch klar blitzende Augen und schneeweiße Zähne. Mit Baumrinden und Tierfellen bekleidet stampften sie einher, daß schier der Boden dröhnte. So oft sie auflachten, flatterten ein paar Waldhühner erschreckt aus ihren Nestern. Die Knüttel, die sie bei sich trugen, wollten nicht gar viel wilder sein als ihre Träger. Einer oder der andere hatte einen schweren eisernen Schußprügel oder eine ungeschlachte Armbrust; mit langen Messerscheiden waren alle versehen.

»Potz Türk' und Hagelstern!« rief einer, ein Riese, um eine gute Faust höher gewachsen als alle übrigen. Dem hingen die scharlachroten Haarlocken weit über die eckigen Schultern hinab. »Potz, das ist ja der kreuzsaubere Küster von der Krieglacherstadt! Hörst du, dein Bett ist auch ein wenig weit vom Ofen!«

»Nun, sag' du einmal, du Hausknecht des heiligen Jakobus,«[1] rief ein anderer,»ist das Betbrüdernest da unten alleweil noch nicht niedergebrannt? Na, der Türkenteufel läßt sich Zeit.«

»Ei, tausendsassa!«sagte der erste wieder;»ihr zwei kommt auch nicht in den Wald, um Spatzen zu fangen. Zuweg der lustigen Liebschaft allein ist es nicht; ihr seid einem Edelmann aufs Hühnerauge getreten, oder habt einem Pfaffen ins Gesicht geblasen, daß ihr so höllisch weit in die Wildnis lauft.«

»Und bringst uns keinen Kelch vom Tabernakel mit?«fragte lachend ein dritter.

»Aber ein goldener müßt's sein, wir möchten das Abendmahl nehmen. Gibt's frisch' Fleisch und Blut zu kommunizieren, so sind wir gute Katholiken, aber bei Wein in goldenem Kelch sind wir alle Hussiten.«

Sie johlten wild durcheinander. Den Großen mit den roten Locken hießen sie den Zarb. Höllbart hatte diesen Mann schon früher einmal gesehen und zwar vor der Bergkirche zu Eisenerz. Es war der rothaarige Sabin. Höllbart erinnerte sich wohl, daß er damals unter dem Volksauflauf dieses Mannes Gegner und Sieger gewesen war. Und nun stand er dem wilden Gesellen hilflos gegenüber. Sanna bebte vor Angst und barg ihr Haupt an der Brust des Gatten.

Der Rothaarige aber schien den Pilgersmann von damals an der Bergkirche nicht mehr zu erkennen.

»Habt ihr uns gesucht?«fragte er.»Wollt ihr bei uns verbleiben? Unser sind über dreißig und wir nehmen jeden Spitzbuben auf, der kein Schurk' ist. Burgenverbrenner und Kirchenabtrenner haben wir am liebsten. Rabenschwarze Ketzer und hochgelehrte Teufelsbeschwörer sind uns auch willkommen, und wenn's der Höllbart selber wär'!«

»Aber Speck wächst euch bei uns keiner um das Bäuchlein, wie dem Pfarrer von Sankt Veit in der Fastenzeit!«

»Sauf Brennwasser, Junge!«rief der Zarb und hielt dem Höllbart einen erklecklich wamstigen Tonzuber hin.

---

[1] Auf dem Altare zu Krieglach prangte als Pfarrpatron das Bild des Apostels Jakobus

Höllbart sah, hier sei trinken klüger denn sprechen; so faßte er den Zuber mit beiden Händen und trank. Das war echt' Brennwasser, es brannte ihm schier die Kehle wund. Die Waldteufel verstanden es schon damals, in Ermangelung von Trauben aus Wacholderbeeren ihren Wein zu ziehen. Anstatt Wasser gaben sie Feuer dazu.

»Das ist unser Galgenwein,« rief ein einäugiges Bärengesicht zu Höllbart herüber, »und wenn wir dich dereinstmal erwürgen, so gießen wir dir damit vorher die Gurgel voll.«

»Ei, heissasa, Kern-Blitzmädel, du!« schreit ein knochiger Langhals mit einem bartlosen Spitzbubengesicht und strohgelben Haaren, »bist ja die bildsaubere Pfarrerstochter von Krieglach! Was macht dein Vater, der Junggesell?«

»Geh, duck dich desweg nicht gar so tief unter,« ruft ein krauser Schwarzbart. »Wem soll's nicht recht sein? Wir sind alle Sünder!«

»Schön, so sündigen wir!« schreit ein anderer. »Wie lang' ist's denn her, ist der Papst in Rom selber schwanger gegangen!«

»Oho!« lacht der Schwarzbart. »Selb' ist eine Päpstin gewesen, Ihre Heiligkeit, die goldhaarig' Hanni, kreuzsauber und lammfromm über und über.«

»Meinetweg!« ruft das Spitzbubengesicht und mit süßelnder Gebärde gegen Sanna gewendet: »Fromme Leut' sagen, du hättest nicht auf die Welt kommen sollen. Du hörst, ich bin kein so Frommer, ich bin der Körnlein. Wirst es noch erfahren, was das heißt: der Körnlein!«

Höllbart sucht den Zudringlichen mit der Hand zurückzudrängen, aber der wilde Bursche wollte das fast ohnmächtige Weib an sich reißen.

Da sah der junge Ehemann plötzlich des Unglückes Übermaß. Seine Sehnen spannten sich, seine Adern schwollen, und schon bereit zum Todeskampfe brach sein Herz in den Ruf aus: »Rette uns, rette uns, du barmherziger Herrgott im Himmel!«

»Hörst du,« lachte der Zarb, »mit dem Herrgott haben wir wenig Bekanntschaft; hast es mit uns zu tun, so ruf den Teufel an!«

Der Strohkopf wollte von Sanna nicht lassen.

Sofort wurde das Gesicht des Rothaarigen finster, wie eine Wildnis in Gewitternacht.

»Körnlein!« donnerte er dem gelbhaarigen Gesellen zu, »leicht sind sie zusammen verbunden!«

»Flausen!« entgegneten andere, »was des Pfarrers Stola zusammenbindet, das fällt im Wald auseinand'!«

»Wie? was?« schrie der Riese, daß schier die Baumstämme gellten. Dann war es einen Augenblick mäuschenstill.

»Wer mir das Mädel anrührt,« fuhr der Zarb fort, »dem reiß' ich den Darm aus dem Leib und knüpf ihn damit auf den Birnbaum!«

Das gelbe Galgengesicht verlor sich im Dickicht.

»Es ist mein Weib,« sagte Höllbart, »laßt uns in Frieden wandern.«

»Mögt ihr gleichwohl unter Waldteufeln sein,« versetzte der Zarb grollend, »aber unter Hundsföttern seid ihr nicht. Wo wollt ihr denn hin?«

»In das Ungarland,« antwortete Höllbart.

»Und ihr zwei allein?« rief der Rothaarige. »Mit einem jungen Weib so ins Ungarland wandern! Der Zarb hat dem Stubenberger das Roß unter dem Leibe niedergestochen; der Zarb hat dem Dietrichsteiner die Feldklausen über dem Kopf angezunden – aber mit einem jungen Weib allein durch den Feistritz- und Bakonierwald ins Ungarland gehen – Mordstern, dazu hätt' der Zarb zu wenig Courag'!«

Höllbart zuckte die Achseln; Sanna schlug einen Blick zu dem Sprecher auf.

»Wollt ihr mit in mein Haus gehen,« fuhr dieser fort, »so kann ich euch Geleitschaft geben bis zum Hausteiner hinab. Der Hausteiner ist kein Lumpenkerl, der mag ein weiteres tun.«

Was sollte Höllbart beginnen? Er führte und tröstete sein Weib und ging mit den Männern.

Der Zarb blieb an ihrer Seite und half ihnen über Schluchten und Gefälle, packte die junge Frau keck mit den Armen und trug sie wie ein Kind über die unwirtlichsten Stellen.

Die anderen zerstreuten sich und pflegten Weidwerk In einem kleinen Wiesental, seitwärts begrenzt von einer wettergrauen Felswand und von dem hohen, lebendigen Wall des Tannenwaldes, stand ein Haus. Es war gezimmert aus den wuchtigsten Fichtenstämmen und hatte ein Dach aus gespaltenen Bäumen. Kein Tischler und kein Schlosser war dabei gewesen. Flüchtlinge, Räuberbanden, Wildschützen, Menschen, die fortweg mit Leidenschaften und Naturgewalten rechten, bauen solche Häuser.

Der Zarb stößt die Tür mit einem Fußtritt auf und führt das junge Ehepaar in den Bau. Im Bau sieht's gar schattig aus, aber mitten auf dem Lehmboden brennt ein Feuer. An demselben schafft ein derbgliederiges Weib mit wirren schweren Locken und markigen Zügen. Das Weib des Riesen. Daneben am Wassertrog sitzt ein junger Mensch und weidet Wildbret aus. Der blickt staunend auf, als die Fremden eintreten.

»Das ist mein Drache,« jagte der Zarb, sein Weib vorstellend, »und das ist mein Junges.«

Das Weib brummt und bläst ihren Trotz in die Flammen hinein. Der Jüngling tut sein großes, schönes Auge weit auf und hebt verlegen die blutigen Hände aus dem Trog, läßt sie aber sogleich wieder sinken. Halb teilnehmende, halb trotzige Blicke läßt er auf Sannen zucken. Dann wirft er den Kopf zurück, daß die goldfarbigen Krauslocken fliegen, ergreift ein breites Messer und führt einen starken Schnitt in die Brust des Hasen. – Ein stolzes, trotziges Wesen und doch liegt etwas jungfrauenhaft Zartes in ihm – erschütternd und anheimelnd zugleich, wie eine Gewitternacht im Mai.

Der Bursche wird bald gesprächig, kann spotten, kann schmeicheln, kann lachen und fluchen, kann scherzen wie ein Kätzchen, kann in Wut entbrennen und Geräte des Hauses zertrümmern und schnauben wie eine Bestie.

Sanna muß neben ihm sitzen, als sie zum Mittagsmahle den Hasen verzehren; mit den Fingern wirft er ihr das fetteste Stück zu.

Am Nachmittag, wahrend sich Höllbart mit dem wuchtigen Zarb über die Weiterreise und anderes bespricht, zerrt der schöne Waldbursche das junge Weib mit hinaus auf die Wiese. Sein Beinkleid ist aus rauhen Fellen; mit seinen nackten Füßen springt er in das Wässerlein, welches durch das Tal rieselt.

»Tu' aus deine garstigen Fußbeutel!« ruft er der Begleiterin zu, und will ihr die feinen, aber schon arg zertretenen Hochzeitsschühlein von den Füßen ziehen. Sanna möchte fliehen; er faßt sie am Arm:»Willst nicht meine Gesellin sein? Komm, wir tanzen im Wasser! Du gefällst mir und dein Vater schläft heute nacht im Bett bei dem meinen ...«

Wie eine verscheuchte Taube flieht Sanna in das Haus und bittet ihren Mann um Gottes willen sogleich mit ihr davonzuziehen.

»Was hat sie denn?« brummte der Zarb,»für die Nacht ist mein Haus besser als der nasse kalte Wald. Ihr, Mann, liegt auf meiner Pritsch' und Euer Weib für diesmal bei meiner Tochter.«

»Aber sie will nicht,« rief der eben in das Haus hüpfende Junge.

»Wirst wieder wild gewesen sein, Hilla,« bemerkt der Zarb; da blickt sich unser junges Ehepaar überrascht an.

»Ja, ja,« lacht der Riese, gegen Sannen gewendet,»wollt Ihr längere Zeit im Wald herumlaufen, so müßt auch Ihr Euch Schöpslederhosen beilegen, wie da meine junge Maid. Ein Kittel taugt nichts, der bleibt an jedem Eidachselschweif hängen.«

Da gehen den Gästen die Augen auf und Sanna mag wohl mit der wilden Hilla plaudern.

Und die Männer bleiben auch nicht stumm beieinander sitzen.

»Jetzt lugt mich einmal an, Vetter,« sagte der Rothaarige und spreizte seine Ellbogen auf den Tisch aus,»habt Ihr noch niemals so einen fuchshaarigen Grasteufel vor Euch gesehen, wie ich einer bin? Nicht? Auch oben im Eisenerzernest nicht?«

»Ja, dort werd' ich Euch gesehen haben!,« sagte Höllbart, als er sich erkannt sah.

»Gelt! Ihr der Erste habt mich dazumal niedergeschlagen mit ein Dutzend Worten. Die Pfaffen und Herren hätt' ich rädern mögen allmiteinand', aber vor Euch hab' ich Respekt bekommen. Und das müßt Ihr wissen, ich bin nicht der Narr, der sich mit einem wankelmütigen Haufen mag herumschlagen. Da sind mir die bockbeinigen Waldteufel zehnmal lieber.«

Hierauf erzählte der Sabin, wie er nach der gewaltsamen Knebelung des aufständigen Volkes durch die Truppen des Salm mit Weib und Kind in diese ferne, tiefe Wildnis geflohen war.

Hier in den Hochwäldern des Teufelssteingebirges, wo sich manch' verfolgte Ehrlichkeit, aber auch mancher Auswürfling barg, hatte er sich niedergelassen. Sie waren zerstreut in der Wildnis. Der wohnte in einer Felsenhöhle; ein anderer in einem hohlen blitzverbrannten Baum; ein dritter in einer leidlichen, selbst gezimmerten Klause. Sie lebten von Schwämmen und Kräutern und Wild. Verwegen waren sie wie die Löwen; die Bären und Wölfe erstachen sie mit Messern in der Hand. Die Stubenberger und Hohenwanger Wildhüter erschlugen sie mit Knütteln.

Da hatte der Schafftenberger von Hohenwang einmal ein Dutzend Soldknechte in die Wälder gesandt, um aufzuräumen. Ein paar davon kehrten übel zugerichtet zurück; ein paar davon wurden erschlagen; die übrigen blieben bei den Waldteufeln.»Sakra!« sagten sie,»da geht's uns besser wie beim Schafftenberger.«

Der Schafftenberger hat das Aufräumen nicht mehr versucht.

Der rothaarige Sabin oder der Zarb, wie die rauhe Zunge der Wäldler ihn nannte, war der größte und stärkste von allen. So herrschte er. Und jeden, der in den wuchernden Urwaldring des Teufelssteingebirges getreten war, beherrschte der Zarb.

Zu Anfang war mancher hinausgetreten in Bereiche, wo Nichtverbannte, Nichtverfluchte wohnten, und war mit Beute zurückgekommen, die nicht erkauft und nicht verdient wurden. Solchen sagte der Zarb:»Ein Spitzbubenleben treiben wir, aber Schurken sind wir nicht!« Und ließ sie auf den Birnbaum knüpfen. Der Baum stand im Wiesentale, nicht just weit von des Zarb stattlichem Heim. Es war ein alter Holzbirnbaum.

»Seit der Zervogel daran gebaumelt ist, grünt er nimmer!« erzählte der Zart».»Aber so ein Holzbirnbaum muß heutzutage stehen in jedem Nest; der tut mehr wie ein Kirchturm – tut mehr!«

Ehe noch Abend war, kannte Höllbart das Leben und Treiben dieser Waldmenschen – bestienwild, elementar gewaltig.

Die Elemente können auch lieblich lächeln im Frühlingsmorgen. Des andern Tages. Wie ist Hilla ein kleiner Schalk! Schon in dämmeriger Morgenfrühe ist sie in ihre Schafpelzhose geschlüpft und hat aus duftigen Lärchenreisern eine Kette geflochten. Diese Kette legte sie ihrer noch schlummernden Bettgenossin an Hände und Füße, so daß die plötzlich erwachende Sanna heftig erschrickt, als sie sich gefesselt sieht. Aber Hilla lacht und hüpft und klatscht in die waldharzigen Hände. »Willst mir versprechen, daß du bei mir willst verbleiben, so lass' ich dich frei.«

Der Zarb ist zur selben Stunde schon bei den Nachbarn herum. Etwas gibt es allmorgendlich zu schlichten; heute beschweren sich die Männer, morgen die Weiber, und das Mein und Dein sind trotz des Birnbaumes schwankende Begriffe.

Heute aber ist ein anderer Schick, heute munkeln die Gesellen, die sonst fluchen, und der Rothaarige macht ein erklecklich langes Gesicht. Für einen simplen Pilgersmann oder einfältigen Küster hatte er den Mann niemals gehalten, der jetzt sein Gast war; aber der Bericht, den ihm heute die Nachbarn munkelten und den sie auch entsprechend zu erhärten wußten, hatte ihn doch überrascht.

Bald stand der Zarb mit brennendem Blick vor Höllbart. Er starrte ihn an, und die Furchen seines Antlitzes wurden tiefer und seine Brauen finsterer.

– »Das ist also das schauderlich' Ding, vor dem die Memmen des Landes zittern!« schreit er und versetzt mit knorriger Faust seinem Gast einen Stoß an der Achsel – »das ist der *Höllbart*!«

Und nach einer Weile, in der Höllbart sprachlos dagestanden war und dem Riesen ins Gesicht geblickt hatte, erfaßte ihn dieser bei den Händen und sagte lachend: »Bist recht gefahren, Geselle, du gehst nicht ins Ungarland, du gehörst unser! – Aber bei allen Teufeln der gottseligen Steiermark, anders hab' ich mir den Höllbart gedacht! Wo hast du deine Bockshörner, deinen Pferdefuß, Bursche! – Welcher Hexenmeister hat dich in die feine Amantenlarve gesteckt? – Glauben wollt' ich's nimmer, hätt' ich nicht in aller Morgenhuld die Mär' erfahren, vom Mesner zu Krieglach und von der Hochzeit mit der Pfarrerstochter und vom Ablaßschächer, den ich noch zum Rabenfutter machen muß!«

Der Lehmboden dröhnt, als bei diesen Worten der Riese den Fuß in die Erde stampft.

»Weißt du, Ketzerpfaff!« fährt der Zarb fort – während nach und nach mehrere Männer und Weiber im Hause zusammengekommen sind, um den Höllbart zu schauen –»weißt du, daß die Waldteufel schon seit lang' einen Pfarrer haben wollen?«

»Das ist gewiß, wir brauchen einen!« riefen die Umstehenden.

»Allweg schmeckt eine Schandtat besser, ist sie verboten,« sagte der Zarb,»so müssen wir einen Pfaffen haben, der sie verpönt und im Dunkeln übt. Wir müssen einen Pfarrer haben, der die Ehepaare macht, sonst weiß unter dem Gesindel ja keiner mehr, wie sie sich treulich prügeln dürfen! Und das junge Gezücht will Taufnamen haben, und kommt's zum Sterben, so krepiert der Spitzbub doppelt so leicht, weiß er, der Pfaff weiht seine Grube. – So ist's von nöten, und wenn einer aufsteht für die Waldteufel, so kann's kein anderer sein als der Höllbart!«

»Ja, der Höllbart,« schrie alles,»der Höllbart muß unser Pfaff sein!«

»Dein Geschäft kannst ja noch?« pfaucht ein zwerghafter Graukopf dem noch immer sprachlosen Höllbart in das Gesicht.»Von Höllen und Teufel sollst du predigen, soviel du magst, das haben wir gern. Vom Fasten kannst auch brav schwätzen, sollst uns desweg' keinen Hunger leiden. Aber *des* mach' dir einen Knopf im Sacktuch, Pfaff, deine heiligen Messen feil' uns nit!«

Das fährt rasch an. Einen Tag bittet sich Höllbart Bedenkzeit aus.

Es wird Abend. Der priesterliche Reformer, der entsprungene Sträfling von Mittersill, der Geächtete, der »Ketzer Höllbart« ist am Ziele. – Die Welt ist aus Rand und Band. Sollte irgendwo noch was zu halten sein, so wäre es hier bei den pfadverlustigen Menschen des Waldes. Sanna ist ja bei ihm und eins mit ihm; ihr ist er den Schutz schuldig, ihr will er ein sicheres Dach geben, und wäre es unter Urwaldstämmen, und wäre es auch nur für heute und morgen.

Höllbart bleibt.

Mit einem, der die Diebe und Ehebrecher auf den Birnbaum knüpft, läßt sich ein Pakt wohl schließen. Der Zarb hat die Ansiedlung der »Waldteufel« zu einer Gemeinde gemacht. Freilich eine wilde Gemeinde, und manches Mitglied derselben deckte gerne sieben Nächte über sein Gewissen. – Umsonst ist keiner in die Wildnis gegangen. Und einer braucht den andern, und alle den einen, den Rothaarigen, den Zarb.

Der Zarb ist gar zufrieden, daß sich wie herangeschneit ein Pfarrer findet. Und ein Mann, wie er den »Höllbart« einmal schildern gehört, kühn, unternehmend, redemächtig, starr auf seinem eingeschlagenen Pfad verharrend, ein wenig schlau dabei und doch ein ehrlicher Klotz – so ein Mann wird mit den Wilden im Teufelssteinergebirge etwan noch fertig. Der Zarb ist König, das steht fest wie der Teufelsstein; aber der König muß einen Minister haben, einen Feuermann, der aus dem rohen Metallklotz des königlichen Willens eine Kette weiß zu schmieden, um damit die Untertanen zu einen, zu leiten und zu fesseln.

Der Zarb verbürgt dem Höllbart und seinem Weibe ein Haus, den Lebensbedarf, Schutz und Achtung.

So ist Matthäus Höllbart Pfarrer der Teufelsgemeinde geworden.

―――――――

Die Tage wurden kürzer und wieder länger, die wilden Kräuter wuchsen und vergingen, der Mond nahm stetig zu und ab über der Wildnis, in Wechsel und Wankelmut wiegte sich alles; aber der Zarb hat sein Wort gehalten.

Höllbart besaß für sich und sein Weib ein Haus. Es war ihm erbaut worden, und die Waldteufel taten groß und nannten es ihren Pfarrhof. Seltsam genug, die Wildfänge und Gotteslästerer waren schier stolz auf dieses Wort. Der Zarb, der ein paar Jährchen früher so wild gekämpft hatte für die Abschaffung der bäuerlichen Untertänigkeit, gebot hier im Wald, dem Pfarrer Robot und Zehent zu liefern. Denn dieser Pfarrer war weder vom Papste, noch vom Staate anerkannt, der mußte freilich ganz von seiner Gemeinde Wohltat leben und zuvörderst an sich selbst ihr gutes Herz erproben lassen. Und siehe, da kamen Weiber mit Wurzeln und Kräutern, Kinder mit Waldfrüchten und Männer mit Wildbret. Und an bestimmten Tagen kamen sie zusammen auf der Wiese vor dem Zarbhaus und hielten Beratungen über verschiedenes, und da stieg Höllbart zuweilen auf den Steinblock und redete.

Er sprach nicht von den Pflichten der Menschen, sondern von ihren Rechten; und das hörten sie lieber und Höllbart dachte, wer die Grenzen seines Rechtes kennt und achtet, der ist sich und seinen Mitmenschen pflichtgetreu. Er predigte nicht von Sünde und Buße, sondern von Herzensfreude und weisem Genusse des Lebens.

Höllbart sprach so schön und mild und warm. Sie hörten ihm gerne zu, anfangs der Neuheit, des Wortes Wohlklang wegen; bald aber erfaßten sie auch der Worte fröhlichen Sinn, und sie freuten sich über dieses Erfassen.

Freilich, ganz war die Wildheit dieser Menschen nicht zu brechen. Einmal, als das Gerücht ging, alle Bewohner der Mürzgegend seien auf, um den entflohenen Höllbart zu fangen, da rotteten sie sich zusammen und wollten die Verfolger ihres Pfarrers erschlagen.

Doch die Häscher kamen nicht in die Wildnis, und Höllbart suchte die Streitlust der Waldteufel gegen auswärtige Feinde zu lenken, die sich drohend den Landesgrenzen näherten.

Mit Sanna feierte Höllbart den mildesten Hausfrieden. Sie genossen inniges Glück, wenn gleichwohl zuweilen an düsteren Herbstabenden, an einsamen sturmschweren Wintertagen ein betrübter Gast durch das Haus schlich: die Sehnsucht, das Heimweh nach zarteren, geist- und herzanregenden Lebenskreisen.

Sanna war manche Stunde mit der Waldjungfrau Hilla zusammen. Hilla war stets voll Glossen und Possen, aber ritterlich dabei. Da sitzen sie an der sonnigen Felswand und flechten aus Binsen – Fensterscheiben für den Winter. Krächzt plötzlich ein Rabe, brummt ein Bär, schallt ein Hilferuf in allernächster Nähe. Sanna fährt auf, da lacht Hilla, daß die Felsen gellen, und mitten aus dem Lachen heraus blökt ein Lämmlein. Bauchreden kann der Schalk.

Ziehen sie durch die Waldungen, um wildes Obst zu sammeln, so ist Hilla der Führer und Beschützer. Zuweilen tut es not, daß sie eine tote Eule oder einen Habicht oder sonst ein Aas mit sich tragen, um die Wölfe zu füttern, wenn sich welche halb flehend, halb drohend an die Frauen wenden.

Mit den Waldteufeln aber ist es mitunter weit schwerer fertig zu werden als mit den Wölfen. Die Waldteufel mögen kein Aas, viel lieber Waldgeherinnen selber. Der Körnlein schon gar, der weicht erst, bis ihm Hilla die Faust in sein gelbes Galgengesicht sausen läßt. Die Faust allein täte den Körnlein noch immer nicht schrecken, aber die Hilla ist die Tochter des Zarb, und der Zarb hat einen alten Holzbirnbaum auf der Wiese stehen.

Sanna und Hilla sind Freundinnen geworden. Die eine hat Kühnheit und Kraft, die andere Zartheit und Seele von der Genossin gewonnen. Sanna hat sich mittelst dieses ihres Gewinnes freier und selbstvertrauter an das Waldland geschlossen. Der Waldjungfrau Hilla ist aus ihrem sich zarter bildenden Gemüte eine andere Frucht entsprossen: die Liebe.

Da war im Waldlande ein junger Wildling, der hatte einen Stahlkopf und ein Goldherz und wurde geheißen Wandolf der Schütz. Das Schießen haben wohl alle verstanden, aber das Treffen? – Wandolf hat all seiner Tage keinen Schuß in die leere Luft getan. – Einmal in einer heiteren Nacht schießt er aus Übermut in den Himmel hinein – und siehe, ein Stern purzelt über das Firmament.

Aber nicht mit der Kugel, mit seinem Augenblitz hat er das Mädchen getroffen. Von derselben Zeit an wollte Hilla kein Schöpshauthöslein mehr tragen.

Tritt der Wandolf eines Tages in des Zarb Haus hinein: »Sabin, ich will deine Tochter freien.«

»Wer fragt mich das?« versetzte der Zarb.

»Wandolf der Schütz, der Knapp aus Zell, der das Wappen des Salm von dem Turm der Wallfahrtskirche hat geschossen, weil das Kreuz hinaufgehört, der aber auch das Kreuz von dem Turm der Wallfahrtskirche hat geschossen, weil es zweibalkig gewesen und des Papstes Zeichen hat bedeutet.«

So des Schützen Wandolfs Worte.

»Nach welchem Wappen wirst du nimmer schießen?« fragt der Zarb.

»Christi Kreuz ist mein Glauben!« sagt darauf Wandolf.

Da versetzt der Zarb:

»So greif zu und sei mein Tochtermann.«

Höllbart war dabei und wunderte sich baß, daß die Lehre des großen Volksfreundes hier so unmittelbar gedeutet wurde.

Als es zur Hochzeit kam, schickte der Zarb den Körnlein aus, um den Festbraten zu holen.

»Der Strohkopf ist kein Strohkopf,« sagte der Zarb zu Höllbart und meinte den Goldhaarigen, »im Ennstale oben versprengt worden, ist er auch zu uns gekommen. Wir können ihn vornehm brauchen. Das Pirschen versteht er wie ein Wolfshund, schriftgelehrt ist er und verschmitzt wie ein Pfaff, aber stehlen tut mir der Sakermenter wie ein Rab'.«

Hätte geistlich werden sollen, hat Körnleins Mutter dazumal gesagt, sei es aber gottlob nicht geworden.

Als die Hochzeit war – viele Waldteufel waren auf der Wiese beisammen und trieben Schabernack – da kam das Körnlein mit einem Korb voll Hühner für ein feines Hochzeitsessen.

»Wo hast sie geholt?« fragt der Zarb.

»Hi, hi,« lacht der Körnlein, »unten auf dem Hausteinerweg ist eine Bäuerin gegangen, hat gar schwer daran getragen. Hab' ihr die Tierlein zur Ehr' unserer schönen Braut abgenommen.« Da zwinkert er mit den Augen.

Aber der Zarb ruft:

»Was sind wir im Wald? Geflügel fällt uns ins Maul, soviel wir mögen. Wozu rauben auf der Straßen? – Feist sind sie; wohlan, so laßt's euch schmecken!«

Und geschmeckt hat der feine Bissen.

»Greift drein, ihr Bären, das ist gewürztes Fleisch!« ruft der Körnlein lustig.

»Du Strolch!« sagt der Zarb. »Hast gegessen? Bist satt?«

»Brautvater, dir bring' ich's!« johlt der Körnlein und fährt auf mit dem Brennwassernapf.

»Du Rabenaas!« schreit der Zarb, »ein Straßenräuber trinkt mir die Gesundheit nimmer.«

Und ein Weilchen nachher hängt der Körnlein auf dem Birnbaum.

Während in der Alpenwildnis der Pfarrer Höllbart gemeinsam mit dem gewaltigen Zarb die struppigen und störrigen Schäflein hütete, ging's draußen in den Weiten heiß her. Der Hochsommer tat es nicht. Neuen Krieg und Aufruhr gab es. Der Martin Luther soll wieder losgekommen sein. Etwa bricht der Höllbart auch hervor mit Macht. Endlich droht er wahrhaftig aufzustehen, der furchtbare Antichrist.

Im Mürztale war allgemeine Wirrnis. Am Fuße des Gölk, wo die Reutung zu Rand geht, stand ein hölzernes Kreuz schier morsch am Fuße und nach links zur Erde geneigt. Der Christus war zerbrochen und hatte keine Hände mehr. Ein Gott ohne schützende Hand, das war kein gutes Vorbedeuten.

Nicht die Ketzer hatten es getan, wie am Frauenbilde im Ennstale, sondern die Zeit, die lange, böse, gottlose Bilderstürmerin Zeit.

Hinter dem Kreuze standen hohe, finstere Schwarztannen. Und da hatte eines Morgens ein Mann aus dem Orte Krieglach gesehen, wie von den Ästen dieser Bäume große Blutstropfen niederhingen. Die Mär verbreitete sich talauf, talab: Beim Gölkkreuze ist es gesehen worden, Blut schwitzen die Bäume. Das bedeutet Arges!

Solches war eine Mär. Aber aus dem Ungarlande her kam eine Kunde, die ein lautes Schreckgewimmer hervorbrachte in allen Gauen. Der Türk' bricht wieder ein!

Ein Wehgeschrei gellt durch das Land. Zum Erzherzog Ferdinand dringt der Ruf; Ferdinand hält die Ohren zu. Was kann er tun? Sein Kriegsheer ist zerfallen; seine Schatzkammer ist leer. – »Und der blutgierige, wütende, unser und unseres heiligen christlichen Glaubens Erbfeind, die Türken, welche viel christliche Länder, Städte und Festungen unter ihre Gewalt gebracht und so viel christlich Volk, das nicht zu zählen ist, totgeschlagen, gefänglich weggeführt, schändlich mißbraucht und in ihre Dienstbarkeit gezwungen haben – sie wälzen sich wieder heran in unzähligen Scharen.«

Die Landstände ruft der Erzherzog. Die Landstände wissen Rat; es ist noch Mark im Lande Steiermark. Zwar ist das Volk am Bettelstab, der Adel ist arg geschwächt, aber die Kirche muß retten. Die Kirche hat große Güter im Lande, die Klöster haben gefüllte Schatzkammern. Religion und Kirche sind jetzo wahrhaft in Gefahr, so möge die Kirche zur Verteidigung und zum Schutz ihr Scherflein geben.

Den vierten Teil der geistlichen Güter verlangt ein Manifest des Erzherzogs, nachdem er »sein eigen Vermögen dargestreckt. Allein das reicht gegen die große Macht der Türken nicht aus, auch mögen unsere Länder und Leute die Last wie bisher nicht länger ertragen. Man ist also bedacht, nachdem die Gefahr am meisten unseren heiligen christlichen Glauben betrifft, lieber einen Teil der Güter und Gülden der Gotteshäuser und Klöster zur Rettung unseres heiligen christlichen Glaubens und zur Erhaltung des übrigen Teiles derselben anzugreifen und zum Widerstande gegen die Türken zu gebrauchen, als zuzulassen, daß der Türk' nicht nur die Gotteshäuser und Klöster und deren Güter in seine Gewalt bringe, sondern auch die christlichen Leute totschlage und von dem heiligen Glauben bringe.«

Dieses Schriftstück entfachte den Seelensturm im Lande von einer neuen Seite.

»Die rechtmäßigen Kirchengüter sollen verschachert werden?« rief der geistliche Herr von Spital bei einem Konzilium in der Neuperger Abtei, »also kein anderes Geld mehr im Land? Die Kirchengüter rauben und damit die Heiden schlagen wollen, ha, ha, das ist jetzo neuer christlicher Landesbrauch. O, der Erzherzog rechnet hinter des Wirtes Rücken, und er verrechnet sich. Soll die Kirche schon geplündert werden, so ist's besser, der Heide tut's, denn der Christ!«

Und sie vereinigten sich:»Der Ferdinand mag zehn solche Befehle stellen, wir geben nichts. Kommt es auf der Kirche Gut an, so mögen die Türkenhunde dreinfahren und die ganze erzherzogliche Bettelwirtschaft verschlingen. Der Herr wird das Seine zu schützen wissen!«

Der landesfürstliche Erlaß scheiterte an dem ehernen Sinn der Geistlichkeit.

Verlegte sich Ferdinand im Angesichte der schrecklichen Gefahr dann aufs Bitten: die ehrwürdigen Stifte und Klöster möchten doch fürs wenigste eine Anzahl Krieger stellen und besolden.

Was? Als Söldnerknechte will er die Priester einhertreiben gegen die heidnischen Bestien?

Der Klerus verweigerte alles und blieb bei dem Wahlspruch: Gott wird die Seinen zu schützen wissen. So tapfer und opferwillig die Geistlichkeit in früheren Jahren gegen den Feind der Christenheit gestritten hatte, so war sie jetzt im Drange des hereinbrechenden Luthertums wie verwirrt und verkehrt. Der Kampf um das Dogma hatte sie verbittert und verhärtet.

Die Leute waren unstet und planlos. Der Bauer wollte nicht ackern und säen; in den Werkstätten wurden Kriegsgeräte erzeugt. Auf der Heeresstraße stockten die Fuhrwerke. Kriegsknechte zogen zu einzeln oder in Haufen. Das waren zumeist verwahrloste Kerle, voll Lumpen von außen, voll Hunger von innen. Die Leute schlossen die Türen vor ihrer Nase zu. War das ein Kriegsheer! Das sollte nun gegen die Türken ziehen und war ganz mittel- und mutlos. Es sind auch gar zu herbe Erfahrungen gemacht worden. Väter und Großväter hatten vom Türken erzählt und stets beigesetzt:»Tut nur beten, Kinder! Die Städte hat er niedergebrannt, viele tausend Personen hat er davongeschleppt. Und wenn er wiederum kommt, dann helf' uns Gott!«

So haben zahlreiche Sagen von älteren Türken-Einfällen und die Erinnerungen an neuere Niederlagen die Gemüter entmutigt.

Sehr langsam und stockend bewegte sich der Strom der Krieger gegen den Semmering.

Bauern gruben zur Nachtzeit unter alten Bäumen in tiefen Felsschluchten ihr klein erspart' Scherflein oder ihre Hausgerätschaften ein. Nur die Beile und Holzäxte wurden nicht verscharrt, sondern geschärft am Schleifstein.

Und die Geistlichkeit, ei, die tat wohl auch das Ihre. Zuvörderst wurde der Preis des Meßopfers und des vollkommen Ablasses herabgesetzt; auch die ärmsten Leute sollten der Gnadenmittel teilhaftig werden können, um gestärkt und gesegnet dem Feinde die Stirne zu bieten oder ihm wenigstens glücklich zu entkommen.

Pater Jonas war längst nicht mehr in der Gegend gesehen worden. Eine Weile in der Neuperger Abtei hatte er sich aufgehalten, und als der Türkenlärm nahte, da ging er, um sich und seine Blechbüchse wohl zu bergen, in einen stillen Winkel der hinteren Mürz. In dieselbe Gegend der heiligen Natureinsamkeit sind auch die gefüllten eisernen Kisten aus der Abtei gezogen.

Der Pfarrer von Krieglach war nach den seltsamen Vorkommnissen von seiner Stelle abgetreten. Der Gram um das verlorene liebe Kind zehrte an seinem Leben.

Der neue Pfarrer sorgte väterlich für die Gemeinde. Er ließ fürs erste aus Rom mehrere Gebeine heiliger Märtyrer kommen. Er ließ für das hinmodernde Gölkkreuz, bei dem manches Mirakel schon geschehen war, aus fein geglätteten Baumstämmen eine Kapelle bauen.

Und in dieser Kapelle wahrte er ein Kleinod, wie solches vielleicht in der ganzen Welt nicht mehr zu finden war. Durch ein Wunder Gottes war es erhalten geblieben über tausend und fünfhundert Jahre, zum Troste der Gläubigen. Aus fernen Tälern her zogen Wallfahrer, um den Gnadenschatz zu sehen und im Geiste zu empfahen.

In der neuen Kapelle am Gölk, unter einem Eisengitter, in einem grauen, sorgsam verkorkten Fläschchen war der Atem des heiligen

Josef. Ob wahr und echt? Danach fragte damals kein Mensch. Ei, doch! Der halbverzagte und grübelnde Gaberfranz tat die Frage. Der Pfarrer hatte darob den Zweifler am liebsten ausgeschlossen von der Gemeinschaft der Gläubigen. Vorläufig aber wies er nur entrüstet auf das päpstliche Siegel, mittelst welchem das Fläschchen verschlossen war. Das hat dem Gaberfranz genügt – er ist aufs Knie gesunken vor dem Gnadenschatz, hat brünstiglich gebetet.

So hatten die Leute doch etwelche Mittel gegen die Türkengefahr. Außerdem wurden Prozessionen gehalten zu Kirchen und Kapellen, die unserer lieben Frauen waren erbaut worden. Es herrschte damals noch der mittelalterliche Frauenkultus, wenn auch nicht mehr in seiner ursprünglichen poesievollen Lieblichkeit wie voreinst, so doch noch in seinem berückenden Prang und Prunk. Die Bienen waren fleißig im Lande – meint der Chronist – allein sie konnten schier nicht genug Wachs aufbringen für Kerzen, die an Frauenaltären verloderten. Manches Gnadenbild, das vielleicht eben ein wenig minder sich der Neigung des Volkes zu erfreuen hatte, mußte schlicht mit Pechlunten vorlieb nehmen. Hinwiederum strahlte manch mit Gold und Seide schwerbeladenes Bildnis in einem völlig wundersam berückenden Kerzenflammenglanz. Und mit solchen Bildnissen hielten sie Umgang an sonnigen Tagen, wie in finsteren Nächten, und Klag- und Bußgesänge schollen und von den Kirchtürmen klang es wie Sturmgeläute.

So haben sie sich gegen den Feind gerüstet.

Es vergingen Wochen um Wochen. Die Straße war leer; es war wieder stiller geworden. Nur von Raubhorden vernahm man zuweilen, die in den Wäldern des Teufelsstein ziehen sollten. Die Türkengefahr, meinte mancher, sei auf die Fürbitte der Mutter Gottes vorüber. Ältere Leute aber sagten:»Helf uns Gott!«

———

Es war Erntemonat, aber es gab nicht viel zu ernten. Der Türke hatte noch nichts zertreten, doch das Säen war ausgeblieben in dieser Zeit der Wirrsal und der Bittgänge.

Das Pirschhaus im Orte Krieglach stand leer; wildes Bohnengewinde rankte zu den Fenstern hinein. Die junge Linde stand betrübt auf dem Hügel und sie hatte – kaum die Hundstage vorbei – schon fahle Blätter.

Der Gaberfranz ging zuweilen vorüber und blieb vor dem Bäumchen stehen.

»Es sind die Kirschen kaum reif und dieser junge Baum hat schon rote Blätter. Was bedeutet das? Etwan ist der Höllbart, der die Linde hat gepflanzt, umgekommen, und der böse Feind hat ihm den Hals gebrochen?«

Mit dem bösen Feind meinte der Gaberfranz nicht den Türken, sondern den leidigen Teufel selber. –

Der Höllbart war nun aber völlig verschollen.

Von dem Gebirge des Schwab war zu dieser Zeit ein glutäugiger junger Mann niedergestiegen in die Täler und war an die Ufer der Mürz gekommen. Er nannte sich Lindolf. Seine Vorfahren hatten sich länger denn ein Jahrhundert verborgen gehalten in einem Winkel des Gebirges. Aber in Lindolf war nicht der Sinn für ein beschauliches Hirtenleben, sein Hang ging in die Weiten und Breiten, nach großen, weltbewegenden Taten der Menschen. Die Idee von Vaterland und Vaterlandsverteidigung war nicht in ihm. Aber Menschen, denen unrecht geschah, da Feinde einbrachen in ihr Besitztum und nach ihrem Gut und Leben strebten, solche Menschen wollte er schützen; daher kam er niedergestiegen und trug in seinem Gurte jenes Beil, mit welchem er einst die Äste für den Sarg seines Ahnen von den Fichten geschlagen hatte.

Stetig zog Lindolf durch das Tal der Mürz und warb Streiter.

Über den Semmering und von den Waldungen des Alpsteiges her kamen Landstreicher, Zigeunergesindel und allerhand herrenloses Volk mit seltsamen Gebärden und fremden Lauten. Das ist der Kehricht des großen Besens – die Geißel saust näher. Über die Heiden Ungarns fluten die wilden Scharen heran. Ein Gerücht fliegt durch das Tal: Vor Neustadt und Wien wallt der Roßschweif; auf dem Stefansturme prangt der Halbmond.

Leute auf hohen Bergen hören an stillen Abenden von Aufgang her ein Donnern und dumpfes Pochen, wie von schweren Geschützen. Und einmal liegt durch die ganze Nacht ein mattroter Wolken-streifen über den fernen Ebenen von Neustadt.

Rasender Schrecken im Lande. In den Schlössern und Flecken flu-tet neu das Leben auf. Kinder und Kranke werden davongeschafft; Herden werden aus den Pfrängern gejagt, als stünde alles in Flam-men. Und wahrhaftig viele wollen den Brand schleudern in ihr eigenes Gehöfte. Der Kaplan von Hohenwang sprengt auf einem Rappen durch das Tal und ruft zum Landsturm auf, was stehen und ringen kann. Er selbst trägt ein Schußgewehr und eine breite, blin-kende Scheiterspalte auf der Achsel. Mancher will dem Priester die Hände küssen. Mancher kniet betend vor dem Waldkreuze. »Freund!« ruft ihm der brave Mann zu, »jetzt ist keine Zeit zum Knien. Brecht die Kreuzpfähle vom Weg und drescht damit die Türkenschädel nieder!«

Ein fliegender Befehl ruft jeden zehnten und fast gleichzeitig je-den fünften Mann zur Wehr. Der Klerus erschließt nun Kirchen und Klöster: nehmt, nehmt den vierten Teil, nehmt alles, was ihr findet, nur rettet! – Wie starren die kahlen Bilder von den Altären so schreckhaft nieder! Wie prunken die goldenen Leuchter und Gefäße und Monstranzen! Aber Waffen! Waffen! – Mit Gold und Silber streitet man jetzt nimmer.

In solcher Wirrnis lodern in einer sternlosen Septembernacht auf den Bergeshöhen die Lärmfeuer. Der Feind ist ins Land gebrochen. Kreuthschüsse hallen durch das Tal, durch die Engen der Mur hin-ab gen Glätz.

Auf den Zacken der Kamp, auf der Spitze des Königskogels, auf dem Gölk, auf dem Wartberge steigen die Feuersäulen empor – weithin die Not verkündend. Aber der Türke ist andere Nachtlich-ter gewohnt, das zeigt der blutige Schein, der breit und hoch im Gewölke des Himmels leckt.

Im Tale der Mürz stehen die Dörfer leer. Wer sich nicht zum ver-zweifelten Widerstände gerüstet und gerottet, der ist auf der Flucht in die Wälder und Einöden. Mancher hat vor seiner Flucht noch

Kalk, Stroh und Tannenzapfen in den Fluß geworfen, um durch dieses Zeichen den unteren Gegenden die Gefahr zu künden.

Auf dem Gölk im Dickicht ist ein wunderlich Lager aufgeschlagen, ein Lager voll ächzender Kinder, weinender Weiber und betender, fluchender Männer. Einer oder der andere starrt hinab in das Tal. Ein einzig Lichtlein flimmert noch im Orte Krieglach. Das ewige Licht in der Kirche ist es nicht, das ist verloschen. Wer denn ist der Tollkühne, der daheim die bösen Gäste erwartet? – Ei, der flieht nimmer. In der Totenkammer liegt er, und noch ist das Öl nicht alle, das ihm die Fliehenden in die Lampe haben gegossen. Der Mann ist gestorben aus Gram um ein verlorenes Kind; – er ist seiner Tage Priester gewesen – der alte Pfarrer von Krieglach.

So wie die Lagernden auf dem Gölk heute, so haben vor Tagen zwei Menschen hinabgeblickt in das Tal und auf den friedlichen Ort. Ach, die Zeiten find stürmisch, jeder Tag schlägt andere Wellen, und die Hochflut rast dahin – und an den vertriebenen Mathes hat heute kein Mensch mehr gedacht.

Es wird Morgen, ein schöner, taufunkelnder Morgen. Die Vöglein jauchzen auf den Wipfeln, aber die Leute deuten den Frohgesang für Klage- und Hilfegeschrei. Darum geht heute noch die Sage, die Schwalben hätten laut geweint an demselbigen Tage und seien davongezogen, und da hätten die Leute gesagt:»Jetzt ist's vorbei mit dem Leben, jetzt sind auch die Vöglein davon, die das Glück bedeuten!«

Da, der Morgen ist hell geworden, biegen die Flüchtlinge das Geäst auseinander und blicken hinab. Was sie nun sehen, sie erschrecken nimmer davor, sie sind darauf gefaßt gewesen.

Die Straße unten ist nicht mehr weiß und grau, sie ist braun, rot, blau, wogt und schillert lebendig in allen Farben. Ein seltsames Klingeln und Schrillen und Pfeifen dringt herauf und zuweilen ein scharfer Schrei, wie ihn so gellend und durchdringend keines Älplers Kehle vermag auszustoßen.

Um den Ort Krieglach schwärmt es wie eine aufgestöberte Ameisenbrut, und aus allen Schornsteinen steigt Rauch auf. Von Stunde zu Stunde wächst das Dorf, bunte Zelte steigen wie aus der Erde hervor, und auf den Gipfeln derselben flattert der Roßschweif, funkelt der Halbmond.

Im Tale der Mürz herrscht der Türke. Nimmer zu beschreiben sind die greulichen Scharen, die außer dem Bereiche des vor Wien aufgeschlagenen Hauptlagers, nun ihre eigenen Herren, im Gebirge zuchtlos walten, tierisch wüten. Die Mongolen mit den gelben Gesichtern und den großen Backenknochen, die Tataren mit den lüsternen Glotzaugen,»emporgestiegen aus dem nächtigen Tartaros«, die bärhaarigen Jakuten, die halbnackten Baschkiren, verschiedene Sprachen grunzend und schnaufend, sich gegenseitig selbst kaum verstehend. Die weißmänteligen Janitscharen haben es vergessen, daß sie Christenkinder gewesen, sind so wild wie die anderen.

Welch ein Geheul, welch ein Blasen und Trommeln und Scheibenschrillen, und welch ein seltsames Tanzen und Springen! Herren im Lande sein! Ei, das wissen gar die wiehernden Rosse, die blökenden Kameele. Das entfacht den Übermut, und der eine sticht mit dem langen Speer des Kameraden blutroten Turban vom Haupte. Etwan gibt es eine Brust zu durchbohren, die sich trotzig entgegenstellt, oder es ist mit dem Krummsäbel ein blondlockig Haupt abzuschlagen unter den Kindern des Landes.

Pfeile schwirren in der Luft wie Heuschrecken zur Erntezeit. Und durch all das hin huschen braunkittelige Derwische und verkünden Gebetstunden und rufen den Allah an.

»In Gottes Namen« ist all das Schreckliche geschehen hüben und drüben.

Reiter sprengen in kreuz und krumm, sprengen gegen vereinzelte Gehöfte, sprengen gegen die Schluchten von Hohenwang hinan.

Finster und trotzig steht die Burg auf dem Berge. Keine Fenstertafel glitzert, kein Fähnlein wallt. Still und leblos ragt die Feste. Ein Häuflein Rotmäntel klettert den Berg hinan, klettert katzenhaft behendig den altersgrauen Wall empor; da bricht das Wetter los. Steine hageln, qualmende Ströme von Pech regnet es nieder, dumpf und derb donnern die Flüche der wackeren Ritter und Knappen. Die Anstürmer purzeln, kollern in den Burggraben oder fliehen den Berg hinab und mischen sich unter die Scharen.

O, der alten Burg soll es nicht geschenkt sein. Mit den braunen, blutkrustigen Fäusten drohen sie, die schneeweißen Zähne fletschen sie der Feste empor: »Dir wird nimmer der Mond voll!«

Zu jener Zeit ist es nicht aufgeschrieben worden, was unseren Vorfahren geschehen ist. Aber ein Dornenkranz von bösen Sagen ist zu uns herübergekommen.

Sengen und brennen, das tut jeder Feind, wenn es in seine Feldzugspläne paßt; aber Ohren und Fingerabschneiden, blenden, schinden bei lebendigem Leibe, – das hat nur der Barbar aus dem Morgenlande getan, und die Feder sträubt sich, es zu buchen, was die Voreltern gelitten.

Im Kirchlein am Hauenstein wird die heilige Katharina verehrt. Sie steht mit einem langen Schwerte auf dem Altare. Sie ist eine Patronin gegen Feindesgefahr. So hatte sich – der Sage nach – denn in jenen traurigen Tagen aus dem Tale der Mürz alles in das Hauensteiner Kirchlein geflüchtet, das hinter den Wäldern des Alpsteiges gelegen. Und einmal, während des Bitt- und Bußgottesdienstes sei Sankt Katharina plötzlich nicht mehr auf dem Altare gestanden. Da wäre große Trostlosigkeit gewesen unter den Andächtigen: Jetzt ist auch unsere Schutzpatronin fort, jetzt müssen wir verderben! – Aber als der Priester den Leib des Herrn habe emporgehoben zur Wandlung, da sei die Heilige neu verklärt wieder auf ihrem Platze gestanden und von dem Schwerte sei helles Blut getropft. Zur selben Stunde aber sei der heranziehende Türke durch eine unsichtbare Macht wieder zurückgeworfen worden in das Tal der Mürz.

Uns lehrt die Sage nur, daß der Feind in die Gegend von Hauenstein und der wilden Teufelssteinwälder nicht gekommen ist. Um so länger und gräßlicher haben Solimans Raubhorden an der Mürz gewütet.

Beherztere Flüchtlinge wagten sich endlich wieder hervor aus ihren Verstecken und meinten: Wenn ich flehe, daß ich wieder ruhig wohnen dürfe unter meinem Dache, meiner Kinder, meines kranken Weibes willen, wenn ich beschwöre, daß ich ihnen nichts in den Weg legen, friedsam mit ihnen leben wolle, so werden sie Erbarmen haben. Es sind ja doch auch Menschen.

Aber was für Menschen! klagt ein Chronist, wären es lieber rasende Tiere gewesen, die ihre Opfer sofort in tausend Stücke zerrissen hätten. – Aber die Barbaren legten den Armen eiserne Ringe um den Hals und schleppten sie von dannen. Manches Häuflein wackerer, handfester Männer tat sich zusammen und fuhr mit Äxten und Morgensternen auf Leben und Tod in die fremden Scharen. Sie haben viele der steierischen Erde hingeschleudert; aber Tod oder Gefangenschaft ist ihr endlich Los gewesen. Jeder den eisernen Ring um den Hals, in langen Ketten aneinandergeschmiedet, wurden sie davongeschleift, während die Heimstätten in Flammen loderten.

Wie rührend klagt eine Urkunde aus jenen Schreckenstagen:

»In der unteren Gegend haben die Türken sieben Häuser verbrannt; ist alles Trait und Hausrat verbrunnen. – Dem Freisleben Jörgen haben die Türken sein Weib mit zwei Kindern und große Dirn weggeführt. – Dem Hans Kneissel haben sie einen Knaben weggeführt, ist sein Sun gewesen. – Dem Bogner Andree haben die Türken sein Weib weggeführt, ist hoch schwanger gewesen. – Der Gemeinschusterin ist ein Dienstdirnl weggeführt worden. – Dem Erhart ist eine große Dienstdirn weggeführt worden. – Der Sand Hannes ist von den Türken verbrennt worden. – Den Kirchen haben sie an Bildern, Meßgewand und anderem großen Schaden tan und das hochwürdige Sakrament auf die Erden getreten. – Dem Peter Mängel haben sie seinen Vetter köpft. – Dem Munssen Jackel haben sie Haus und Hof verbrennt und seine Mutter köpft. – Dem Bauer Hans steht sein Hof noch, aber die Türken haben ihm Roß und vier Kinder weggeführt. – Dem Schmied Jeckel steht sein Hof, aber die Türken haben ihm das Maul voneinander gehackt. – Die Gstettnerin Witib ist hart von den Türken verwundet und ihr Sun weggeführt worden –« und so weiter, eine erschreckend ausführliche Liste aus dem unseligen Jahre.

Von dem Kirchensprengel Krieglach allein achthundert Personen in die Sklaverei fortgeschleppt! so erzählt heute noch eine Inschrift in benannter Kirche.

Die noch übrigen Flüchtlinge in ihren Alpenverstecken haben vergebens auf das kaiserliche Heer geharrt, das endlich siegreich sie erlösen möchte. Aber des Landes zerrissene Kriegsmacht wußte kaum die Burgen und Städte zu schützen. Das Landvolk war sich selbst überlassen, um auf Not und Tod mit dem Ungeheuer zu ringen.

Heldentaten sind geschehen. Jeder Bauer erschlug der Türken drei, und sein Weib deren zwei, lautet eine Urkunde. Und Lindolf mit seinen wenigen Genossen hatte manche böse Scharte gerissen in den Haufen des Feindes. Einmal war er bereits gefangen und entwaffnet, da erwürgte er den Wächter mit dessen eigenem Roßschweif, bemächtigte sich wieder der Streitaxt und schlug sich eine Gasse bis zu den Seinen.

Da war es eines Morgens, daß vom Semmering her, inmitten zahlreichen Trosses, zwölf bartlose Gesellen in gelben Kitteln ein buntes, klingelndes Gezelt herantrugen.

»Das ist der Soliman oder sein Schatz!« meinten einige, und es glühte und zuckte die Kampflust. Da führte Lindolf die Schar seiner Getreuen auf Umwegen durch dichtes Strauchwerk, und dem Zuge nahekommend rief er zum Ansturme. Mit Hurra ging's aus dem Dickicht hervor; die Deckung des Zuges wurde durchbrochen, die Gelbkittel zum Teile niedergemacht, und ein wilder Recke führte einen blinden Schlag in das Gezelt, welches in den Staub der Straße stürzte.

Mit einem mächtigen Ruf gebot Lindolf Einhalt, denn in dem Zelte saßen zwei Frauen, wovon die eine am Haupte getroffen bereits in die Ecke gesunken war, während die andere mit einem gellenden Schrei auf die Sterbende hinstürzte.

Im nächsten Augenblicke war das Gezelt zerrissen in tausend Fetzen, aber schon nahten feindliche Rotten und Lindolf hatte nur noch Zeit, die eine unverletzte Frauengestalt um die Hüften zu fassen und mit ihr in das dichte Gesträuche der Waldschlucht zu fliehen. Seine Genossen folgten ihm und brachten auch noch einen grinsenden Gelbkittel mit.

Und die Türken fanden auf der Straße einige gespaltene Schädel, ein zerrissenes Gezelt und ein totes Weib. Wohl brachen sie wütend

auf zur Verfolgung; aber Lindolf war bereits im Schutze des Hoch-
waldes und der Felsen, und vor ihm auf dem Flechtwerke des Moo-
ses lag ein ohnmächtiges Mädchen von wunderbarer Schönheit.

Es war im zarten Kleide und im reichen Schmucke einer Königin. Schwere Perlenketten lagen über dem milden Busen, und in dem lose wallenden, glänzend schwarzen Haar lag ein Band, in welchem ein Frühling von buntleuchtenden Edelsteinen blühte. Über das Angesicht ging ein weißer zarter Schleier, einen doppelten Reiz über die seinen ausdrucksvollen Züge gießend. Die Wangen waren rund und blaß, zwischen den halb offenen Lippen schimmerten schneeweiße Zähnchen, aber kein Atemhauch war zu spüren.

Über Lindolfs Stirne ging eine Röte wie Blitzeszucken; er riß einen Kümmelstamm ab, zerrieb die Rispe desselben zwischen den Fingern und hielt die zerquetschten Körner der Ohnmächtigen unter das feingeformte Näschen. Der stechende Geruch wirkte, das Kind schlug die Augen auf.

Und als Lindolf in dieses große, tiefschwarze Auge sah, vergleichbar mit einer Sommernacht, in welcher Wetterleuchten zuckt – da wurde ihm ein Traum aus frühester Kindheit wach; es war wie Mutteraugengruß aus morgenländischer Heimat. Gleichwohl in den Bergen des Nordens geboren, lebte der orientalische Blutstropfen des Stammes nach ungezählten Jahren endlich in diesem Manne wieder auf.

Als das Mädchen die fremden Männer sah, da schien es seine Lage sogleich zu erkennen. Hastig griff die kleine rechte Hand nach einem schmalen, scharfen Messerchen, das im Gürtel stak, doch Lindolf fing den Arm auf und steckte die gefährliche Waffe zu sich. In demselben Augenblicke fuhr die Gefangene mit der Hand nach der Perlenschnur, die sie am Halse trug, und zog dieselbe zusammen. Lindolf hatte Mühe, den schönen schlanken Hals von der mörderischen Schnur zu befreien.

Und als sich das Kind so in allem überwunden sah, schloß es trotzig den Mund und schloß das Auge, als sollte der Feind nimmermehr in seine Seele schauen. Kein Laut und keine Träne war hier aus diesem Wesen noch gedrungen. Wie ein Marmorbild lag es jetzt da, und es war, als ob sich dieses Leben sofort gefügt hätte dem eigenen Willen – zu sterben.

Der Jüngling aus dem Gebirge des Schwab, über das Begebnis auf alles andere vergessend, beschloß nun, seine wundersame Beute in volle Sicherheit zu bringen.

Auf einer Sänfte aus Lärchengeflecht trugen die Männer das Mädchen über Berg und Tal. Der Zug ging gegen die Hochwälder des Teufelsstein. Und Lindolf folgte der Sänfte.

In den Haufen des Feindes war große Verwirrung. Planlos schossen sie umher, nach der Entführten zu fahnden. Das erschlagene Weib hüllten sie in kostbare Tücher und führten es in einem hohen, schwankenden Wagen davon. Ein großer Teil des Heeres folgte dem Wagen, ein anderer zog, da er die Jagd nach der Entführten als fruchtlos erkannte, mit zahllosen Gefangenen ab.

Aber der Aussatz blieb zurück: ein wild umherstreifendes Mordgesindel, zahllos wie die Kohlraupen jenes Herbstes, untilgbar und grauenhafter noch wirtschaftend als die eigentlichen Henkersknechte des fürchterlichen Soliman. Sie haben den Raub des schönen, jungen Weibes arg gerächt.

Gegen Ende des Monats September gab es an den Ufern der Mürz nur mehr Brandstätten und Leichenhügel. In demselben Jahre sind in der Mürz die Forellen verdorben.

Die Leute sagen, das Wasser sei zu trüb und blutig gewesen.

Der Gaberfranz lebte noch, aber die Seinen waren zugrunde gegangen. Er hatte das Würgen gesehen und war darüber irrsinnig geworden. Da hatte er eines Tages an der Gölkkapelle eine brennende Opferkerze unter den Dachstuhl gehalten, bis die Flamme in dem Gebälke sich mehrte.»Hast schon kein Auge und Ohr für der Menschen Bitten und muß alles verbrennen und versterben, so sollst du auch selber verbrennen und versterben!« Er sprach's zum Marienbilde, als es das Feuer schon umzüngelte. Und der Atem des heiligen Josef ist auch verbrannt – hört ihr es hallen im Walde? Das ist das Lachen vom Gaberfranz.

Als dann in einer der nächsten Nächte die Burg Hohenwang in Flammen stand, daß das ganze weite Tal in rotem Scheine lag, da lachte der Alte wieder.

Als hierauf ein Rudel menschlicher Bestien mit den kupfernen fletschenden Galgengesichtern, zerzausten Roßschweifen und blutrostigen Krummsäbeln durch die Gegend strich, nach Menschen jagend, Fangschlingen über sie auswerfend, da lachte der Gaberfranz.

Und als sie die winselnden Gefangenen hin gegen die Kirche von Krieglach zerrten, deren altes Gemäuer noch unversehrt aufragte mitten in den Aschenstätten, und als die Barbaren das Gotteshaus vollpfropften mit den unglücklichen Opfern, die für einen grausamen Tod oder für ewige Gefangenschaft bestimmt waren – da lachte der Gaberfranz. Sein Lachkrampf trieb ihm Tränen aus den Augen.

Und als endlich zu ihm selbst eine pfeifende Fangschlinge herantanzte und er mitten in einer johlenden Rotte hastig zur Kirche zappelte, in die ächzende Menge hineingeschleudert wurde und die schwere Tür hinter ihm zufiel – da lachte der Gaberfranz ganz gewaltig.

Die Türkenhaufen hatten aus Rache gegen Hinterlist und Widerstand, so sie erfahren, und besonders durch den Überfall jenes Tragzeltes erbittert, beschlossen, vor ihrem Abzuge noch eine Tat zu verüben, die ihres abendländischen Kriegszuges würdig sein sollte. So hatten sie die Kirche vollgepfropft mit Menschen, in der Absicht, sie mitsamt dem Baue zu verbrennen.

Rasender Wahnsinn, wilde Verzweiflung, dumpfe Ergebung herrschte in der wettergrauen Pfarrkirche, die nun ein grauenhaft Gefängnis geworden war. War hier nicht die Gemeinde, sowie das Geschlecht der Vorfahren gelegen auf den Knien im Gebete: »Herr, erlöse uns von dem Übel!« Und das Übel war doch gekommen und unendlich furchtbarer, als je hätte geahnt werden können.

Darum lachte der alte Gaberfranz so sehr.

Noch einmal umarmten sich hier Mann und Weib, Mutter und Kind – die Stunde der Trennung war so nahe. Ein fieberndes Wogen und Schnaufen und Stöhnen war in der Menge – aber kein Weinen mehr. Wer hätte noch Tränen in so späten Tagen?

Mancher lehnt in stummer Wut am Altartische und starrt zu den hohen vergitterten Fenstern auf. Manches holde Mädchen kauert an der feuchten Mauer eines finsteren Winkels und wimmert vor Kälte und Scham. Nicht um Befreiung, sondern um einen einzigen Lappen fleht sie, sich zu bedecken. Ein Bursche, in Fieberglut rasend, jauchzt auf und strebt nach dem Mädchen mit schäumenden Lippen. Auf der Wand steht Sankt Bartholomä, des Schlachtmessers Märtyrzeichen in der Hand. Nach diesem Werkzeuge hascht das unglückliche Kind und fährt damit gegen die Brust; aber das gleißende Ding aus morschem Holz bricht zu Moder, anstatt erlösend in das Herz zu dringen.

Die Türe knarrt! Nahen die Barbaren? Ein kugelrundes Pfäfflein wird hereingestoßen. Noch an der Pforte verhandelt es beredt mit den Schergen; allen Ablaß gibt es gerne, kostet ihnen keinen Heller, nur martern und brennen, das sollen sie ihm nicht antun, um Gottes willen!

Die Heiden werfen die Türe in das Schloß.

»Hei!« schreit der Gaberfranz, »der Pfaff wär' jetzt auch da; die Gemeinde ist schon beisammen. Läutet zur heiligen Mess'!«

»Wehe!« ruft der Mönch – es ist der Pater Jonas, den sie aus seiner Waldklause hervorgeholt haben – »wehe! Wisset, was die Heidenteufel draußen tun! Holzwerk schichten sie um die Kirche. Wir all' miteinander werden lebendig gebraten!«

Da tönt ein bebender Schreckruf aus aller Lippen; aber der Gaberfranz schreit: »Ehrwürdiger Herr, Ihr habt so vortreffliche Ablässe gegen das Fegefeuer, ist keiner darunter, der Erdenfeuer löscht?«

Hin sinkt der Pater vor den geschändeten Altar: »Herr, erbarme dich unser!«

»So bring' das Meßopfer!« ruft der Wahnsinnige; »wo ist das Gotteslamm? Du frommer Mann, bist ja der Mittler zwischen Gott und den Menschen! Hast dich doch dafür bezahlen lassen, so hilf uns jetzt und sei kein Schurk'! – Hei, wie er zittert und kriecht! Herr, erbarme dich unser! Das sagt sich leicht, dazu brauch' ich kein Pfaff zu sein. Hörst, geistlicher Herr, du bist ein jämmerlicher Wicht, wie wir all' miteinand'.«

Bald darauf saß der Franz im Beichtstuhl: »Keinen sprech' ich los von Sündennot, solange er noch Atem hat. Der Atem ist die Sünde und der Tod ist die Buße!«

Dann wieder rief der Wahnwitzige von der Kanzel herab: »Auf, Brüder, morgen geht's ins heilige Land!« Und er erraffte ein Kruzifix:»Auf, zum Kreuzzug! Verbrennet die Ketzer, schlachtet die Heidenhunde, erobert das Heilige Grab! – Hahaha!« lachte er dann. »So fromm und tapfer sind nur unsere Väter gewesen, und die Türken bleiben uns nichts schuldig, und an allem bist du schuld, Gespenst!« Er schleuderte das Kruzifix auf das Steinpflaster nieder.

Da wurde in der Menge das Entsetzen noch größer.

»*Ite missa est!*« sang der Alte.»Jetzt könnt ihr nach Hause gehen! – Ei, was das für eine fromme Gemeinde ist, bleibt den ganzen Tag in der Kirch' und im Wirtshaus geht's so lustig zu!«

»Werft den Lästerer von der Kanzel herab!« rief der Mönch.

»Und steinigt ihn!« setzte der Gaberfranz bei,»steinigt ihn, er ist der Höllbart!«

»Wohl!« ächzte der Pater,»der Höllbart ist an allem schuld. Diese Kirche hat er entweiht, diesen Altar hat er geschändet, so ist Gottes Geißel über uns gekommen.«

In demselben Augenblicke verfinsterte sich der Kirche Raum, schwarzer Rauch qualmte an den Fenstern auf und draußen hetzte die wilde Horde.

Ein hundertstimmiges Jammergeschrei hallt auf, aber das Knistern und Knattern des Feuers ist lauter und schrillend springen die Fenster und die Rauchmassen qualmen herein.

»Gebt acht!« schreit der Franz,»jetzt ist's bald überstanden!« Alles drängt gegen das Turmgewölbe. Tief in einer Mauernische ruhen unter Flitter die Gebeine eines»heiligen Leibes«; diese zerrt der zähneklappernde Mönch heraus, daß das Rauschgold flattert, und kriecht selbst in die Nische.

Da tönt auf dem Chore plötzlich voller Orgelton. Man weiß schon lange nicht mehr, daß der Franz die Tasten spielen kann; aber unsäglichen Trost senkt der helle Klang in die Herzen und wie aus *einem* Munde stimmen die Gefangenen das uralte deutsche Kriegslied an:

»Verlaß uns nicht, wenn Unkraft uns befallen,
Wenn unser Mut entfleucht, sei Stab uns allen.
O, gib uns nicht dem bittern Tod zum Raube,

Barmherziger Gott, du unser Hort und Glaube!
Heiliger Gott! Heiliger starker Gott!
Heiliger unsterblicher Gott, erbarme dich unser!«

Und siehe, da sie noch sangen, erhob sich plötzlich von
außen ein mächtiges Geheul, und ein Gebrüll war zu
hören, als nahe ein Löwenrudel der Wüste. Ein paar
Schläge fielen auf das Kirchentor, daß die Mauern beb-
ten,
und die Pforte flog berstend auf und hinaus, hinaus in
den freien Tag drängt die Menge.

Auf dem Kirchhofe entbrennt ein mörderisches
Schlachten.
Ein Haufe wildbärtiger, hünenhafter Männer, die niemand
kennt, ist herangefahren aus den Wäldern und
wütet nun mit wuchtigen Keulen und langen Messern
im
Türkengezüchte. Das heult und purzelt und flieht.

Und als die Flammen ohnmächtig an den Kirchenwänden verloschen, waren kaum zehn lebende Türken mehr im Orte.

Die Befreiten lagen auf den Knien und konnten wieder weinen.

»Daniel, Daniel!« rief der Gaberfranz, »sind deine Engel auch solche Wildbären gewesen?« Der Mönch lehnte an einer Mauerstätte
und betete – betete wahr und im Herzen, wie vielleicht noch nie.

Da stürzte einer der riesigen Wildlinge mit geschwungener Keule
auf ihn heran: »Der auch noch nieder, weil wir heut' schon dran
sind!«

Aber ein anderer fiel ihm rasch in die Arme: »Halt ein, Zarb, und
laß des Mordens genug sein!«

Ehern war der Ruf und der Riese ließ die Keule sinken.

»Herr Jesus, das ist er!« schreit plötzlich der Wahnsinnige drein
und fällt, von einem schwirrenden Pfeile getroffen, auf die Erde.

Alles drängt sich an den Mann, der den Schlag gegen den Mönch verhindert hatte, und ein Murmeln geht:»Das ist der Höllbart!«

Wir müssen nun noch einmal in die Teufelssteinwälder hinein und einen kurzen Rückblick tun.

Wir kennen den Zarb; in dem war ein herber, aber menschenechter Kern. Wir kennen den Höllbart und haben bereits sein Streben angedeutet, auf die Waldleute und besonders auf den Sabin einzuwirken.

So war ein Plan der beiden Männer gereift; und eines Tages, als seit seinem Waldleben der Kreis der Jahreszeiten einmal um war, predigte Höllbart auf der Wiese einen Zug gegen die Türken. Diese Predigt unterbrachen sie:»Was schiert uns der Türk'! Recht hat der Türk'!«

Da sah es der Zarb wohl ein, das war ein böses Leben mit diesen Gesellen. Sie sind nicht zu führen und zu leiten; der eine fährt rechts, der andere links; der eine ist ein Taugenichts, der andere ein Raufbold, der dritte ein Dieb, der vierte ein Heuchler und Schleicher, der fünfte ein sonstiger Galgenstrick. Und gesetzt, sie hielten zusammen, und der Zarb wäre ihr Hauptmann – was weiter als eine Bande, vor der die Pfaffen und Herren könnten zetern:»Seht den Volksaufrührer Zarb, ein Räuberhauptmann ist er geworden!«

In einen Verbrecherkranz hat sich der Sabin verflochten. Ohne Zweifel, er führte die Herrschaft, aber zuzeiten war ihm übel zumute. Der Strang war kein Halsband nach seinem Geschmack, und das war kein Leben für seinen Tochtermann, Wandolf den Schützen.

Der Mann hatte viel Kraft und Mut, und seiner Erscheinung Gewalt war hinreißend; aber er hatte den Scharfblick nicht, um einen Pfad zu finden, der ihn aus finsterem Walde wieder hinausgeführt hätte.

Höllbart mit dem hellen Blick und mit der treuen Hand hat ihm diesen Pfad gezeigt.

Aber die Wildlinge hatten gerufen: »Was schiert uns der Türk'! Der Türk' hat recht!«

Doch an dem Plane weiterbauend ließen es die beiden Führer Tage und Wochen anstehen. Mittlerweile kam manche böse Post aus dem Tale der Mürz. Und eines Abends, als schon die große rote Mondscheibe hinter den schwarzen Wipfeln heraufstieg, nahte die Wiese heran ein seltsamer Zug.

Lindolfs Mannen kamen mit der Sänfte, und ein blöder Gelbkittel kam mit. Und Lindolf war auch dabei und bat vor dem Hause des Zarb um Hort und Schutz für das schöne Türkenkind.

Die Waldteufel strömten zusammen und heulten vor Befriedigung über die junge Türkin, und selbst der Zarb streckte seine Hand aus, man weiß nicht, ob zur Rache oder zum Begehr. Kaum hatte Lindolf den so sehnlich gesuchten Schutz erlangt, da kam Höllbart, der den Sohn des gastlichen Hauses auf dem Schwab sofort erkannte, und der auch andere Gründe hatte, ein strenges Wort hier zu reden. Er wies darauf hin, daß man diese erbeutete Türkin wahren und hüten müsse wie einen Augapfel, daß gewiß ein großes, ja vielleicht ein ungeheures Lösegeld dafür gezahlt werden würde.

Das leuchtete den Gesellen ein, sie wichen zurück und begnügten sich nur mit dem Ansehen des wunderlieblichen Menschenbildes, das auf der Tragbahre bewegungslos lag und die Augen geschlossen hielt.

Das blasse Mondlicht übergoß die Gestalt, und die Perlen und die Diamanten funkelten hell, und das Antlitz war weiß. Aber ein grünes Heidezweiglein zitterte doch vor dem Atemhauch des zarten Mundes.

Lindolf hatte mit einem unsäglich innigen Blick dem Höllbart für sein Wort gedankt.

Hierauf wurde die Sänfte in das Haus Höllbarts gebracht und daselbst in eine Kammer gestellt. Ein frisches Binsenlager war hier und eine weiße Leinwand darüber; allein das Mädchen wendete sich widerwillig davon und blieb auf der Sänfte ruhen. Sanna nahte und brachte der seltsamen Gastin Ziegenmilch; diese wurde verschmäht. Hilla war noch auf und kam mit einem Körbchen, in welchem die köstliche Frucht des Waldes, die Preißelbeere war. Das fremde Mädchen schlug auch diese Gabe aus und schloß stets Augen und Mund.

Um so gieriger jedoch fiel der Gelbkittel über die Ziegenmilch her und auf seinem glatten aufgedunsenen Gesichte lag die Lust des Gesättigtwerdens. Dieser Gelbkittel war einer jener Männer, wie sie sich der Beherrscher Kleinasiens auserlesen und zubereitet hatte zu Hütern seiner Frauen. Als das Vollgesicht nun gesättigt war und merkte, daß ihm hier nichts Böses bevorstand, hub es an zu schwätzen; das war türkisch, aber es gab zum Erstaunen der Umstehenden viele deutsche Worte darunter. Und als der Türke dann noch mehr Milch getrunken und auch Waldobst gegessen hatte, wurde er durch Lindolf und Höllbart ersucht, von sich und der schönen Jungfrau, die seine Herrin war, zu erzählen.

Der Gelbkittel war wohl unbeholfen im Erzählen, besonders in deutscher Sprache, und er mußte sich oft mit Mienenspiel behelfen. Demungeachtet gab er genügend Aufschluß über die Dinge.

Er deutete denn an, daß er Hassim heiße, auch einen früheren Zug in das Abendland mitgemacht habe und ein Diener der schönen Frauen des Beherrschers sei. Der Beherrscher besitze neunundvierzig schöne Frauen; von diesen neunundvierzig habe er sich sieben erlesen, daß sie ihn in das Abendland begleiteten. Von diesen sieben habe Sobeide allein eine Tochter gehabt, ein schönes Kind, das der Beherrscher unsäglich geliebt habe. Obwohl im Morgenlande sonst Töchter des goldenen Thrones niemalen zur Bedeutung gelangen könnten, so habe der Beherrscher dieses sein Kind doch so sehr geliebt, daß er es zu aller Zeit in seiner Nähe wissen wollte. So habe er Sobeide mit dem Kinde, dessen Name Chansade sei, mit in das Abendland geführt. Vor der festen Stadt Wien seien sie nun viele Tage gelegen, denn der Beherrscher sei gekommen, den Herzog Ferdinand zu suchen. Hierauf habe der Beherrscher nach Islams Gebot die feste Stadt dreimal bestürmt; aber da sei große Not und Gefahr gekommen, die Feinde seien mehrmals aus den Mauern hervorgebrochen, und so habe der Beherrscher vor dem letzten Ansturme die schöne Frau Sobeide mit dem schönen Kinde Chansade unter guter Deckung in das Gebirge gesandt, um sie vor den Feinden zu schützen.

Im Gebirge aber seien starke Männer aus dem Walde gestürzt, hätten Sobeide erschlagen und die schöne Jungfrau Chansade gefangen genommen. Er aber, Hassim, habe sich freiwillig gefangen gegeben, um mit Chansade zu sein; denn der Beherrscher habe ihn bestellt, Chansade zu hüten, und er werde die schöne Jungfrau, die hier in diesem fremden Hause liege, unversehrt in den Palast des Beherrschers, den Allah beschütze, zurückführen.

Hassim wich nicht von seiner Gebieterin; er kauerte an ihrem Lager die ganze Nacht und schloß kein Auge.

Und als die Morgenröte aufging und durch die Flechtmatten der Fenster blickte, da trat Lindolf in das Gemach und blieb eine lange Weile unbeweglich vor dem Mädchen stehen, das auf der Sänfte lag und zu schlummern schien. Er hielt eine Steinschale mit großen duftenden Erdbeeren in der Hand.

Endlich, als schon der erste Goldstreifen der Sonne auf dem Bette lag, ließ sich Lindolf nieder auf ein Knie, und gegen das Antlitz der Schlummernden gewendet, sagte er mit unbeschreiblich weicher, zitternder Stimme den Namen »Chansade!«

Und jetzt schlug sie ihre Augen auf und sah ihn an.

Er bot ihr die Schale mit Erdbeeren, und sie hob die kleine weiße Hand und aß. Dann blickte sie ihn wieder an, und in ihrem Auge war tiefe Wehmut und Trauer.

Hierauf sagte Lindolf die Worte:»Du, schöne Jungfrau, sei nicht betrübt, du bist unter freundlichem Dach. Und ich werde dich beschirmen, so schwöre ich bei meinem und bei deinem Gott!

Chansade senkte traurig das Haupt; da bat Lindolf den Hassim, die obigen Worte seiner Gebieterin in ihrer Sprache zu sagen.

Und als dieses geschehen war, richtete sich das Mädchen auf, löste das Diamantenband vom Haar und reichte es mit dankbarer Gebärde dem jungen Manne.

Da hat Lindolf das Band geküßt und dasselbe wieder seiner schönen Besitzerin zurückgegeben.

Die Waldteufel waren in großer Bewegung. Keiner hatte in seinem Leben noch eine so schöne Jungfrau gesehen, als Chansade es war. Und das war des Sultans Kind.

»Wehe!« heulten die Weiber. »Die bringt Unheil unter unsere Männer und führt letztlich gar noch den türkischen Brauch ein?«

In Anbetracht der jüngeren konnte diese Befürchtung ihren Grund haben; die älteren aber fragten und berechneten, wie hoch der Wert so eines Sultankindes wohl zu veranschlagen sei, ob die Jungfrau mit Gold aufgewogen werde oder mit Edelsteinen. Den Waldteufeln stand eine glänzende Zukunft bevor.

Sie beschlossen, sofort für Chansade ein schönes festes Haus zu bauen, damit sie nicht Schaden leiden und nicht entkommen könne. Das Haus sollte aus glatten Buchen und Eichenstämmen gezimmert werden, und die Einrichtung desselben sollte sein aus Linden- und Kirschbaumholz, und der Fußboden sollte sein aus schneeweißen Eschendielen, und die Decke sollte sein aus den blaugesprenkelten Fäden der Föhre, und die Fenstertäfelung aus Wacholderholz, und die Scheiben aus zartem Mariensilber, wie es oben im Gewände in ganzen Tafeln zu finden war. Und das feinste Flechtwerk sollte die Wohnung zieren, und das Bettlein sollte gefüllt sein von dem Federflaum der Wildtauben. In den Herzen der Waldteufel war eine seltsame Warme wach geworden für das schöne fremde Kind. Aber es war an der Zeit, und Höllbart strebte, die Tatkraft der Männer einem anderen Gegenstande zuzulenken.

Nach seinem Plane veranstaltete der Zarb bei einer gemeinsamen Frühherbstjagd eine Zusammenkunft oben auf der Bergeshöhe, wo der Teufelsstein liegt. Von diesem Steine ging die Sage, der Teufel habe daselbst einen Turm bis zum Himmel erbauen wollen, um der Hölle zu entgehen. Er sei in der ihm gegönnten Zeit nicht zu Rande gekommen und habe nur die Grundfesten gelegt. Und diese Grundfesten sähe man in den drei gewaltigen Felsblöcken, die auf der höchsten Höhe des Gebirgszuges heute noch übereinanderliegen.

Der Zarb, Höllbart und die Waldteufel kamen zusammen. Sie machten Feuer, verzehrten einen Teil ihrer Beute und tranken »Brennwasser«. Sie hetzten und balgten sich untereinander um das bessere Teil und waren unzufrieden wie gewöhnlich.

Da sprang Höllbart plötzlich auf die übereinandergetürmten Felsblöcke und rief voll Feuer und Erregung.

»Brüder! Bei meiner Seel', wir sind arme Teufel! Tut auf die Augen, drunten liegt die herrliche Welt. Die Welt voll Reichtümer und Freuden! Und wir Wichte müssen hungern und frieren mit Weib und Kind. Wir haben kein eigen Dach, keinen Stein, um unser Haupt zu betten. Die Menschen haben uns verstoßen und werden uns zugrunde richten, wo sie uns finden.«

Da erhoben die Männer ein grollendes Gemurmel.

»Warum?« fuhr Höllbart in einem seltsamen Pathos fort. »Sie haben gesagt, daß wir feige Ausreißer und Diebe und Mörder sind. Aber vom Altar des Vaterlandes reißen wollen wir unser Teil, unser Recht! Mit dem Messer erkämpfen wollen wir von neuem unser Leben, unseren ehrlichen Unterhalt, unsere Zukunft, unser Teil an der Welt! Auf, Brüder, brechen wir aus unserer ewig belagerten Zwangburg, der Wildnis. Auf zum Sieg, zur Befreiung!«

Es war ein kühnes Spiel und der Brand des Aufruhrs war geschleudert von des Teufels eigener Tribüne.

»Auf zur Befreiung!« erscholl es in den weiten Wäldern. »Auf gegen die Pfaffen und Herren!«

»Nimmermehr!« rief Höllbart. »Gegen die Feinde des Landes müssen wir streiten, wollen wir den Dank der Herren uns sichern.«

»Den brauchen wir nicht!« schrien die Männer. »Wir halten mit dem Türken!«

Fluchend und geifernd drängten sie heran gegen den Stein; da meinte Höllbart einen Augenblick lang, das Spiel sei verloren. Doch verließ ihn die Geistesgegenwart nicht. »Wie,« rief er fast höhnenden Tones, »mit den Türken wollt ihr gehen? Und ihnen siegen helfen? Ja, ihr Leutchen, wer soll euch dann Chansade aufwiegen mit Gold und Edelstein? Mit dem Krummsäbel werden sie die Jungfrau holen!«

Keiner war, der jetzt den Mund auftat. Das sahen sie alle ein, der Türke mußte unterliegen und vertrieben werden, sollte das schöne Weib mit Reichtümern von des Sultans Schatzkammer ausgelöst werden.

Und einen Tag später hatten sich die wilden Gesellen schwer bewaffnet auf der Wiese vor des Zarb Haus zusammengerottet. Auch Lindolfs Mannen waren unter ihnen.

Gegen die Türken! Die Gemüter sprühten und loderten nun wie harzige Tannen, vom Blitze getroffen. Unter dem Schmettern des Waldhorns führten der Zarb und Höllbart die plötzlich kampfgierige Rotte aus der Wildnis.

Befreiung der Heimat von Feindesnot! Befreiung des Waldes, Erkämpfung der Menschenrechte und Güter! – Ein begeistert' Kriegsheer ist leicht zu lenken.

Zarb schwang die Fahne, Höllbart das Wort.

So kamen sie nach starkem Marsche in das verwüstete Tal der Mürz. Noch wilder entbrannte in jedem die Kampfeslust, als sie die Greuel sahen und als sie um den Ort Krieglach die bunten Gezelte gewahrten und den wüsten geifernden Haufen, um die Kirche herum Stroh und Holzklötze schichtend.

Nun kannten sie ihr Ziel.

»Pfaff!« rief ein schwarzbärtiger Wäldler dem Höllbart zu, als sie mit geschwungenen Keulen gegen die Kirche stürmten, »Pfaff, wenn ich jetzt hin bin, ist mir mein Luderleben verziehen?«

Eine Ahnung war's. Der Schwarzbart war der erste, der in den Reihen der Waldteufel fiel.

Der Zarb und sein Tochtermann Wandolf waren es, die das Tor der Kirche hatten erbrochen.

Kein fröhlicher Augenblick, als nach dem Kampfe Höllbart und der Zarb die Ihren zählten. Sie lagen zur Hälfte auf der Walstatt.

»Kommt,« sagte Pater Jonas, »ich will für sie eine Messe lesen.« Er trippelte der Kirche zu, an der noch die erloschenen Brände rauchten; aber es folgte ihm nachgerade niemand. Da kehrte auch er wieder um und verlor sich.

Die Türkenzelte waren leer. Voll wehmütigen Jubels und voll Dankbarkeit feierten die noch verschont gebliebenen Bewohner des

Tales ihre Retter aus dem Walde, die sie sonst nur unter dem Namen »Waldteufel« gekannt und gefürchtet hatten.

Während im Tale der letzte Kampf geschlagen wurde, stand Lindolf im Walde vor dem Hause des Höllbart. In der Hand hielt er das Beil, mit dem er einst die Fichtenäste für den Sarg seines Ahnes herabgeschlagen hatte. Er bewachte Chansade. Einmal stieg das wundersame Mädchen langsam die Treppe nieder und schwebte in seinem langen weichen Seidenkleide über das zarte Gras der Wiese hin. Hassim ging drei Schritte hinter der liebreichen weißen Gestalt. Plötzlich blieb Chansade stehen und blickte auf eine rote Blumenglocke, die zu ihren Füßen stand. Und als sie eine Weile so gestanden war, kehrte sie um gegen das Haus und ließ durch Hassim dem Manne mit dem Beil folgende Worte sagen:»Fremdling, die Schnur mit Perlen, die ich trage, kann ich dir nicht geben, sie ist von meiner Mutter, die sie erschlagen haben. Aber das Band mit den Diamanten und diesen goldenen Armring hier und die drei Edelsteine in meinem Gürtel kann ich dir geben für die rote Blume, die in deinem Garten steht. In dem schönen Lande, aus welchem ich komme, in dem Zedernwald, in welchem ich so oft gewandelt bin, stehen auch solche Blumen. Darum möchte ich diese dort zu eigen haben.«

Lindolf ging über die Wiese bis zur roten Blume. Es war eine wilde Hyazinthe. Diese stach er mit seinem Beile aus der Erde und brachte sie mitsamt dem feuchten Wurzelgeflechte der schönen Jungfrau. Und Hassim mußte die Worte sagen:»Gott hüte mich, daß ich nichts von deinem Eigentum nehme. Es ist meine größte Freude, daß ich dir diese Blume spenden kann, daß sie dir so wert ist. Nimm und pflege sie, und möge sie nicht eher welken, als bis du dein schönes Land wiedersiehst und im Zedernwalde wandelst!«

Als das Mädchen diese Worte vernommen hatte, tat es einen hellen Ruf und stürzte nieder zu Lindolfs Füßen. Rasch hob sie der junge Mann zu sich empor, und ihr Haupt sank hin an seine Brust ...

Endlich waren auch die Waldteufel wieder zurückgekehrt zu ihren Weibern und Kindern – und zwar als freie Männer.

Ein landesfürstlicher Erlaß war ergangen. – Habe ihr Vorleben gleichwohl den inneren Frieden des Landes gefährdet, es sei der Heldentat willen vergessen. Sie seien frei und mochten unter dem Schutze des Reiches in dem Teufelssteingebirge sich ansiedeln und reuten und ackern.

Frei nach außen und innen, im Herzen frei und gewissensleicht – da schwand ihre Wildheit von Tag zu Tag. Sie waren ja guten, ehrenhaften Familien entsprossen; die große Tat hatte sie wieder erhoben, und die Arbeit hielt sie aufrecht. Sie fällten Stämme, bauten feste Häuser, reuteten den Boden und trieben Viehzucht und Ackerbau.

Den Zarb hatten sie Form Rechtens zu ihrem Vormanne gewählt. Sein Erstes als Vormann war, daß er anordnete, es solle ein großes Haus gebaut werden für Witwen und Waisen der Erschlagenen.

Den Pfarrer Matthäus Hellbert wollten die Bewohner von Krieglach haben. Er hatte allen verziehen und freute sich, daß sie ihn endlich erkannten. Aber er konnte es nicht unterlassen, seinen Entschluß scherzhaft dadurch auszudrücken, daß er sagte, er sei der Höllbart und gehöre zu den Teufeln. Und er ging wieder zu den Waldteufeln ins Gebirge.

Der Türke, teils von selbst abgezogen, teils verjagt, teils erschlagen, war denn überwunden. Das schwergeprüfte Land konnte sich sammeln, und im Tale der Mürz sind auf den Brand- und Mordstätten wieder Häuser und Dörfer entstanden. Es keimte ein neukräftiges, lebensfreudiges Volk. Der Schmerz um die Gefallenen linderte sich mit jedem Grashalm, der auf den Gräbern wuchs. Hingegen aber wurde die Betrübnis der armen Davongeschleppten wegen mit jedem Tage tiefer und schwerer. Und an jedem Morgen zur siebenten Stunde tönte vom Turme die Glocke zum Gedächtnisse an die unglücklichen Brüder, die gefangen im fernen Morgenlande schmachteten.

Da stieg eines Tages Höllbart nieder von den Wäldern und vertraute den Herren des Tales die Geschichte von der Gefangenhaltung der jungen Türkin.

»Die sei euch geschenkt!« war der herrische Bescheid. Fast beschämt zog Höllbart ab und suchte andere Wege, die Sache nach

Gerechtigkeit zu schlichten. Und er hatte die Wege gefunden, hatte im Namen seiner Wäldler Verhandlungen mit dem Soliman angeknüpft.

Nach vielen Monaten kam aus dem Osten die ausweichende und doch angelegentliche Anfrage, wieviel des Goldes die Waldmänner denn verlangten gegen die Auslieferung des jungen gefangenen Weibes namens Chansade.

Lindolf, der die Jungfrau immer noch bewachte und nicht von dem Hause wich, in welchem sie in stillem Harme fast zu welken begann, wollte die Frage nicht hören.

Aber die Wäldler meinten, die Türkin müsse aufgewogen werden mit gediegenem Golde.

»Ist zu wenig,« sagte Höllbart.

»Sie ist das Kind des Sultans,« rief der Zarb, »da werden zehn schwere Körbe voll von Karfunkelgestein nicht zu viel wiegen.«

»Ist zu wenig,« sagte Höllbart.

»He!« rief Wandolf, »wir merken es schon, der Pfarrer will die Stadt Jerusalem und das heilige Grab und den Tempel Salomons noch dazu!«

Da erhob Höllbart seine Stimme: »Ihr braven und rechtschaffenen Männer, so hört mich an. Ihr wisset, daß der Türk' Tausende von unseren Mitbrüdern in die Gefangenschaft davongeführt hat. Sollen sie sterben und verderben unter den Barbaren? Ist einer unter euch, der Geld verlangt und die unglücklichen Mitmenschen in fremden Ländern kann verschmachten lassen?«

Kein einziges Wort der Entgegnung.

»Wir geben die Türkin und verlangen die Gefangenen zurück!« rief Höllbart, »wer dafür ist, der erhebe die Hand!«

Gewaltiger Jubel brach aus und hundert Hände ragten über die Köpfe.

Lindolf hatte auch seine Hand erhoben. Dann ging er hinein in das Haus und verkündete der Jungfrau, daß die Stunde ihrer Erlösung nahe sei. Und dann stellte er eine Frage an sie, die sie nicht anders beantwortete als mit einem Erröten ihrer Wangen.

Nun war wohl auch die Regierung des Landes auf die vielbedeutsame Sache aufmerksam geworden. Und eines Frühlingsmorgens, da der letzte Streifen Schnee auf der Waldwiese zerging, kamen Bevollmächtigte und führten die schöne Türkin davon.

Eh' sie ging, hatte Chansade der Hausfrau Sanna, von der sie stets mit großer Sorge und Liebe und mit herzlichem Mitleide behandelt worden war, das Band mit den Diamanten in das Haar gelegt. Hassim schlürfte noch einmal sehr viel Ziegenmilch, dann schnitt er sich einen Stock aus dem keimenden Lärchendickicht und schritt hinter der Sänfte seiner Herrin.

Lindolf sagte ein kurzes, warmes Wort des Dankes, dann steckte er sein Beil zu sich und ging dem Zuge nach ...

Noch in demselben Sommer kehrten zahlreiche Gefangene zurück und begrüßten mit heißen Freudentränen ihre liebe grüne Heimat.

Lindolf kam nicht mehr. Auf einem Marmorstein Kleinasiens steht es noch heute eingegraben, daß er seine Heimat und sein Glück im Morgenlande gefunden hat.

In der Wald- und Alpengemeinde am Fuße des Teufelssteingebirges herrscht Arbeitsamkeit und Frieden. Matthäus Höllbart hat beides gestiftet und gefördert. Er ist der armen Leute treuer Bruder geblieben.

Auf gelichteter Au bewohnte er viele Jahre lang mit Weib und Kind ein stattliches Haus.

Alljährlich ein einziger Tag war es, den er nicht der Gemeinde und nicht seinem Hause weihte, sondern sich allein und einer alten betrübenden Erinnerung. Das war der Jahrestag der Enthauptung jener braven Männer, die ihn aus dem Verlies zu Mittersill gerettet hatten.

Mit der Gründung einer freien, dem Pfaffentum entrückten Bauerngemeinde hatte Höllbart an seinem erzbischöflichen Verfolger zu Salzburg sich und den Tod seiner Freunde gerächt.

In seinen späten Tagen aber, als seine erwachsenen Kinder teils im öffentlichen Dienste des Landes standen, teils die Scholle der Waldheiden bebauten, überkam den greisen Höllbart die Sehnsucht nach seiner Kindesheimat. Er hat den Pilgerstab genommen, und wie er einst, ein junger Mann, geächtet und verfolgt, über das weite unwirtliche Gebirge der Steiermark gewandert war, so ist er nun als gebückter Greis denselben Weg wieder zurückgegangen. Er hat die gewaltigen Herrlichkeiten des Hochgebirges wiedergefunden, nicht mehr aber die Menschen jener vergangenen Tage. Auf dem Gebirgsstocke des Schwab hat er nach jenem Hause geforscht, dessen Bewohner sich seit den Kreuzzügen länger als ein Jahrhundert dem Weltunfrieden entrückt hatten. Er hat das Haus nicht mehr gefunden, wohl aber die Fichtengruppe, unter welcher die Väter des Hauses zur Ruhe gebracht waren. Ihre Nachkommen hat es endlich doch selbst wieder hinabgedrängt zu den Mitmenschen, um in ihren Reihen den unendlichen, alles zerstörenden und alles gebärenden Weltkampf mitzuringen.

Im Hochlande der Heimat hat Höllbart seine Geburtsstätte besucht und den Kirchhof, der die Gebeine seiner längst vergangenen Eltern barg. Er hat keinen Verwandten mehr gesehen, und die Gräber sind mit Disteln überwuchert gewesen.

So ist der alte Matthäus Hellbert, genannt der Höllbart, wieder zurückgekehrt in die friedsame Alpengegend, mittagsseitig von dem Tale der Mürz. – »Sanna,« hat er gesagt zu seinem treuen Weibe, »jetzt will ich bei dir verbleiben bis zum Schlafengehen.«

Längst sind sie schlafen gegangen all' beide; längst vielleicht von der Natur wieder erweckt worden aus kühler Waldeserde zu einem jüngsten Tage ...

Aber ihr Andenken lebt heute noch, nicht bloß in dem Diamantenband der schönen Jungfrau Chansade, das die Enkel stets treu bewahrten, sondern in manchem der sagenkundigen Bewohner des Waldlandes. Und das Beste, was in der armen, halbverlornen Gemeinde heute noch ist, rührt vom »Höllbart« her.

Der Zarb ist sehr alt geworden, aber sein struppig Haar und Bart ist rot geblieben. Seine Wildheit hat der Alte nie ganz abgelegt; aber den Holzbirnbaum hat er nicht mehr belastet. Noch sein letztes

Wort ist gewesen: »Schurken sind wir nicht, aber Waldteufel werden wir verbleiben!«

Mit diesen Worten ist der Zarb gestorben.

Ein Enkel des Zarb hat eine Tochter des Höllbart gefreit, und der Mann, der die Geschichte aufgeschrieben hat, ist ein Urenkel dieses Paares.

Über tredition

Eigenes Buch veröffentlichen

tredition wurde 2006 in Hamburg gegründet und hat seither mehrere tausend Buchtitel veröffentlicht. Autoren veröffentlichen in wenigen leichten Schritten gedruckte Bücher, e-Books und audio-Books. tredition hat das Ziel, die beste und fairste Veröffentlichungsmöglichkeit für Autoren zu bieten.

tredition wurde mit der Erkenntnis gegründet, dass nur etwa jedes 200. bei Verlagen eingereichte Manuskript veröffentlicht wird. Dabei hat jedes Buch seinen Markt, also seine Leser. tredition sorgt dafür, dass für jedes Buch die Leserschaft auch erreicht wird.

Im einzigartigen Literatur-Netzwerk von tredition bieten zahlreiche Literatur-Partner (das sind Lektoren, Übersetzer, Hörbuchsprecher und Illustratoren) ihre Dienstleistung an, um Manuskripte zu verbessern oder die Vielfalt zu erhöhen. Autoren vereinbaren direkt mit den Literatur-Partnern die Konditionen ihrer Zusammenarbeit und partizipieren gemeinsam am Erfolg des Buches.

Das gesamte Verlagsprogramm von tredition ist bei allen stationären Buchhandlungen und Online-Buchhändlern wie z. B. Amazon erhältlich. e-Books stehen bei den führenden Online-Portalen (z. B. iBookstore von Apple oder Kindle von Amazon) zum Verkauf.

Einfach leicht ein Buch veröffentlichen: **www.tredition.de**

Eigene Buchreihe oder eigenen Verlag gründen

Seit 2009 bietet tredition sein Verlagskonzept auch als sogenanntes "White-Label" an. Das bedeutet, dass andere Unternehmen, Institutionen und Personen risikofrei und unkompliziert selbst zum Herausgeber von Büchern und Buchreihen unter eigener Marke werden können. tredition übernimmt dabei das komplette Herstellungs- und Distributionsrisiko.

Zahlreiche Zeitschriften-, Zeitungs- und Buchverlage, Universitäten, Forschungseinrichtungen u.v.m. nutzen diese Dienstleistung von tredition, um unter eigener Marke ohne Risiko Bücher zu verlegen.

Alle Informationen im Internet: **www.tredition.de/fuer-verlage**

tredition wurde mit mehreren Innovationspreisen ausgezeichnet, u. a. mit dem Webfuture Award und dem Innovationspreis der Buch Digitale.

tredition ist Mitglied im Börsenverein des Deutschen Buchhandels.

Dieses Werk elektronisch lesen

Dieses Werk ist Teil der Gutenberg-DE Edition DVD. Diese enthält das komplette Archiv des Projekt Gutenberg-DE. Die DVD ist im Internet erhältlich auf **http://gutenbergshop.abc.de**